文春文庫

黄色い実

紅雲町珈琲屋こよみ

吉永南央

文藝春秋

目次

『黄色い実』主な登場人物

杉浦草（そう）　北関東の紅雲町でコーヒー豆と和食器の店「小蔵屋」（こくらや）を営む。

森野久実（くみ）　「小蔵屋」従業員。若さと元気で草を助けてくれる。

一ノ瀬公介（いちのせこうすけ）　春から秋は山暮らし、冬は市内に戻って働く。高校時代のあだ名は「謎男」（なぞお）。

佐野百合子（ゆりこ）　地域経済を専門とする地元の名士・佐野教授の妻。

佐野元（げん）　佐野夫妻の一人息子。横浜の大企業で働いていたが退職して実家に戻ってきた。

平緒里江（たいらおりえ）　ひと昔前にアイドル歌手オリエとして活動していた。今は駅前の旅行会社で働く。

黄色い実

第一章　小春日和

これからの厳しい季節を、いつもどう過ごしてきたのか。

冬の入口に立つと不思議に感じる。別に炬燵(こたつ)や厚手の足袋(たび)のぬくもりを忘れたわけではないけれど、一年ぶりの季節行事のしつらえを整える時みたいに、前のことが少々おぼろげになっている。この歳になるまで何十回となく味わった冬だというのに。

早朝、杉浦草(すぎうらそう)はそんなことを考え、いつもの着物姿で土手を越えた。誰もいない広々とした河原へ下りる。年寄りのわりに健脚とはいえ、日課の慣れた道でも足元をおろそかにできない。白い息が視界にかかる。霜がきらきらとまぶしい。拍子取りに突く蝙蝠(こうもり)傘を頼ってかがみ、空き缶を拾って、身体にそう形の腰籠に放り込む。あたたかいですね、と昨日挨拶したのに、今朝はもう霜柱を踏んでいる。このところ気温差が激しく、あたたかさも寒さも三日と続かない。必ずめぐってくる冬だけれど、同じ冬はない。

対岸の上方の国道をゆくトラックはすでにライトを消しているものの、川の辺りは夜の青みを残している。

上流の長い橋に目をやった草は、川を背にして向き直った。

昇り始めた陽が丘陵を照らし、ひっそりと街を見下ろす観音像を輝かせている。関東平野の縁(へり)に連なる遠い山々は、ところどころ雪を戴いて白くなっている。

今日は縞(しま)の紬(つむぎ)に、海松色(みるいろ)のケープを久し振りに羽織ってみたのだった。時々、ぷんと箪笥(たんす)のにおいがする。これを母に貸した日。ケープの雪を父が払ってくれた日。あの世の両親を束の間思い、いつもどおりに丘陵の観音と河原の小さな祠(ほこら)に手を合わせ、三つ辻の地蔵へと急ぐ。赤い頭巾と前掛けを新しく用意してきた。早くに亡くなった息子良一(りょういち)にそっくりの、地蔵の丸顔を思い浮かべる。良一が、逝った当時の幼さで待っているようでもあり、大人になった姿でそばにいて、危ないからゆっくり歩きなよ、と見守ってくれているようでもある。

小蔵屋(こくらや)を開けるまでに、あと数時間。師走は気ぜわしい。朝ごはんもまだだし、洗濯物を干したら、昨日受注した歳暮の包装も済ませておきたい。そういえば、頼まれ事もあったのだった。歩くうちに、店や個人的なあれこれが次々押し寄せてくる。でも、今日この日が最後かもしれない、と年相応に考えてみれば、少々厳粛な気持ちになり、気ぜわしさがすっと遠のく。

「急いだところで、同じ道」

川音を抜けると、草履の音が耳に戻ってくる。

草は店の三和土(たたき)に立ち、おとなしい雪文様の割烹着をつけた。

小蔵屋では、初冬に水出しコーヒーを売ることにした。

水出しといえば、麦茶同様、夏に好まれる。コーヒー豆と和食器のこの店を始めて以来、草としても初めて冬に扱う。

豆のパックを水に入れて冷蔵庫に一晩置けばできるから便利だけど、レンジでチンしたらおいしくなかった。客のそんな言葉がきっかけだった。

水出しコーヒーは、湯煎して、ほどよくあたためるとおいしい。

そこで、酸を抑えたブレンド豆のパックに、薄手で小振りの白磁のフリーカップ二客、その二客を一度に湯煎できる楕円形の黒い器をセットにしてみた。いずれも簡素ながら、ゆがみに人の手のぬくもりが感じられる器。以前の夏に若手作家による新作の水差しつきセットが好評だったので、その冬版を試してみたかった。

といっても、今回は既製の品を組み合わせただけ。

その分、オリジナルの説明書と、薄い不織布を使用した簡易で華やかなプレゼント用の包装を工夫した。楕円形の黒い器はオーブンや直火にかけられるし、白磁のフリーカップも用途が広い。豆腐と鱈の小鍋に春菊とクリームチーズのあえもの、冬野菜のチーズ焼きにコーンクリーム缶を使った簡単ポタージュ、手間いらずのチョコレートケーキに本格ホットワインなど、この季節らしい使い方や料理を紹介。今のところ、冬の水出しコーヒーが目を引き、思った以上に売れている。

「あのセット、自宅用に買う人が多いですよね」

唯一の従業員、森野久実(もりのくみ)が少々つまらなそうに、包装紙のある会計カウンターを見る。和の色の不織布を風呂敷のように使い、四つ角をうまく処理するだけで大きな花になる包み方を練習したのに、披露する機会は少なかった。

今も二人で店の楕円のテーブルを使って、延々、定番のコーヒー豆のセットを熨斗付(のしつ)きで包装しているわけで、草は可笑しくなってしまった。

「何でも、予想どおりってわけにはいかないねえ」

「だけど、お客さんの気持ちもわかるんです。あのセットって、自分で欲しくなりますもん。水出しコーヒーのホットを一人でしずかーに試してみたり、あったかいごはんを誰かと食べたりしたくなるというか」

「誰か、ねえ」

草が冗談まじりに顔を覗き込むと、久実もガクッと首を垂れる。

「今年のクリスマスも独身。彼氏なしです」

元スキー選手のスポーツウーマンで気立てがいいのだが、久実はなぜか縁遠い。これまでよさそうな話が一つ二つあったものの、実を結ばなかった。

「久実ちゃんにいい人が現れますようにって、毎朝、観音様にお願いしてるから。さあさ、開店まであと十五分よ」

草は最後の一つを包みにかかり、久実が仕上がった贈答品をまとめて裏へ運び始める。

「あっ、そういえば今日でしたっけ？　不動産屋の人が来るの」

「そう。うちはいつでもいいけれど、確か午前中だって。不動産屋じゃなくて、所有者から頼まれてくる人らしいけどね」

久実が千本格子の引戸を開けて倉庫の方へ消えてしまい、後半は草の独り言になってしまった。

先日、常連の一人がそこのカウンター席に座り、こう言った。

――面白い家があるんだ。お草さん、買わないかい。

その家は郵便局の本局近くの北本町にあり、所有者は家の良さをわかって活かしてくれる人に売りたがっているそうで、常連は、古民家ふうのこんな趣味のいい店をやっているお草さんならとひらめいたんだ、と続けた。

最初、草は冗談だと思って笑った。大体、家をもう一軒持つほどの余裕と余生がない。三代続いてきた雑貨屋だったから、商売替えしても何とかやってこられただけ。そんなふうに答えると、常連の目が真剣味を帯びた。

――言っちゃなんだけど、小蔵屋が大きすぎる日も来るんじゃないかな。

あの言葉を思い出すと、草の胸はしんとする。

人生を終えるまでに、まだまだ自分が想像もしない段階を経る可能性があるのだと、あの時気づかされた。これまでは、心身が限界で引退する、あるいは運よくぽっくりあの世に召される、そんなふうに考えて準備してきた。が、それがすべてとも限らない。だから小蔵屋が大きすぎる日――常連の言葉を思い返しては、なるほど、と草は思う。

感謝の意味で、見るだけなら、と答えたのだった。

開店して三十分もすると、カウンターと楕円のテーブル合わせて二十ほどの席が、コーヒーを試飲する客でいっぱいになった。特売の豆がよく売れ、コーヒーグラインダーの音が頻繁に響く。

忙しいまま、十一時半を過ぎた。カウンター内でコーヒーを淹れている草のところへ、久実がうれしそうに寄ってくる。

「水出しコーヒーのセット、十個ご注文です。あのお花のラッピングで」

一つ空いたカウンター席に、お手数ですけど、と灰色の短い髪をした女性客が座った。紅雲町に住む佐野教授の妻、百合子だ。

「毎度ありがとうございます。先生は、おかわりありませんか」

「ええ、おかげさまで。授業がない日も、あちこち飛び回って」

佐野教授といえば地域経済が専門で、市内に数多くある商店街の活性化や、誰もが無料で学べる講座『みんなの寺子屋』に惜しみなく協力していると評判だ。そのため一般の人からの信頼が厚い。草は教授の姿を東京から帰る新幹線で見かけたり、みんなの寺子屋のチラシを手にしたりする程度だが、妻の百合子とは時折こうして会う機会があった。

草は、贈答品の用意を久実に任せ、とりあえず他の客に試飲のコーヒーを出した。百合子にも試飲を勧め、新しくコーヒーを落としにかかる。草の声が主婦たちのおしゃべりにかき消されるほど、店内はにぎやかだ。

百合子が、カウンターにそっと手提げの紙袋を置いた。

「あの……これ、お昼にどうぞ」

紙袋は、駅二つ向こうにある老舗の鰻屋のもの。

こんなことは初めてだった。鰻好きの草も戸惑った。どうぞ、と百合子が重ねて言う。変に遠慮もできない雰囲気になり、礼を言って頂戴すると、ずしりと重い。中には、持ち帰りの鰻重が三つ。松の絵入りで、そのように書かれた紙がかかっている。彼女も食べてゆくということらしかった。

「すみません、お願い事が……」

それを聞いて、草は例の家の話だと納得がいき、二度三度とうなずいた。中古住宅の所有者に頼まれて、まさか佐野教授の妻が訪ねてくるとは考えもつかなかった。

とりあえず、後ろの作り付けの棚から試飲用の器を選ぶ。

いつも控えめな百合子に、あえて面白いものを選ぶ。今日は、子供かピカソが描いたような自由な色絵の――おそらく赤い花と青い小鳥と思われる――ぽってりとしたワインカップにする。以前、仕入れの旅先で見つけたものだ。骨董屋の前を通りすぎておきながら、その愛らしさに戻って買ったのだった。

ワインカップを手にした百合子は、器に、そして草に微笑み、熱いコーヒーを黙って口にした。

やがて、久実が車の鍵を預かって百合子のチョコレート色の小型車に贈答品を載せ、ワインカップも空になり、正午を回った。客の波が落ち着いたことだし、先に昼休みをとらせてもらおうと草は思ったが、今度は久実が店前の駐車場まで出てしまい、手が離せない。

「お待たせしてすみませんね」

「とんでもない。こちらこそ、すみません。お忙しいのに無理を言って」

百合子も首を回して、不思議そうに外を見た。小蔵屋の表側に並ぶガラス戸から、駐車場の様子がよく見える。

久実は、大きな青いリュックを背負った髭面(ひげづら)の男――新手の訪問販売だろうか――から、名刺を受け取っている。店内では、一度入ってきたその男の生乾きの洗濯物を何倍にもしたようなひどいにおいと、コーヒーの香りがせめぎ合っており、外の男に向かってまだ顔をしかめている客もいた。機転をきかせた久実を呼び戻すわけにもいかない。久実が店に戻ろうとすると、男がまた呼び止める。人のいい久実が、なんだか怒ったみたいにエプロンのポケットに名刺を突っ込む。声は聞こえないが、まだ時間がかかりそうだ。

気がせく時ほどこんなものだわね、と思い、草は換気扇を強くする。

思っていた話と違い、草は目を瞬(しばた)いた。

「就職口？」

住まいになっている裏手の居間で、炬燵を挟み、百合子と向きあっている。

何かいい仕事はないものかと、百合子は相談に訪れたのだった。中古住宅の話とは全然関係なかった。草は思い違いをしていた自分にあきれ、箸を止めた。

「百合子さんが仕事を？」

百合子が破顔した。

「いいえ。一度も働いたことがないこんな専業主婦、どこも雇ってくれませんでしょう」

「じゃ、どなたが」

「息子の元（げん）です」

佐野家の一人息子について、草はあまり知らなかった。学校の成績がよく、すぐそこの進学校に通っていた、と人伝（ひとづ）てに聞いた覚えはある。これまで百合子は自分から家庭のことをあれこれ話すほうではなかった。

「今、どちらに」

「横浜で一人暮らしを。三十になります」
三十、と草は繰り返し、灰色の髪をした百合子が何歳なのか考えた。ずいぶん遅くにできた子のようだ。
「実は一人目が死産で、その後、何年も経ってから二人目の元に恵まれまして」

「そうでしたか」

草は、水の事故で亡くした良一のことを思い、身につまされた。

百合子によれば、息子元は東京の大学を卒業後、横浜の大手水産物集荷販売会社に就職。ところが、社内恋愛が原因でいづらくなり、退職したという。

二股をかけた、かけられた、上司の妻に手を出した、と草はあれこれ想像してみたが、本当のところをたずねるのも気が引ける。小一時間で店に戻らなければならない。とりあえず黙って食べ、続きを待った。狭い裏庭で雀が鳴く。

百合子が、また口を開いた。

「あの子には言葉足らずなところがあって、誤解されることが多いようで。妊娠させて逃げたとかそういったことではないんです。仕事も評価されていましたし。今は、息子が疲れ切っているものですから、早くこちらに帰って心身を休めるのが一番じゃないかと」

それならば実家でまず休養してから、顔の広い佐野教授に仕事を見つけてもらうのがよいのではないだろうか。草は鰻重を食べ終えてから、やんわりそう伝えた。だが、百合子が首を横に振る。

「それが、夫はいっさい手を貸さないし、仕事をせずに同居するのも許さない、と」

「厳しいですね。三十にもなる男が恋愛くらいでなんだ、ということですか」

百合子がうつむいた。鰻重には、ほとんど手をつけていない。

「それで、百合子さんが息子さんの仕事探しを」

「家のことしか知らない私に、仕事探しなんて……。親戚に相談しようとしたら、甘やかすな、と夫に叱られましてね。身近な誰に相談しても、結局、夫の耳に入りますでしょう。本当に困ってしまって」

「で、小蔵屋でしたか」

はい、と百合子が小さな声で返事をする。そのあと、勤め口が見つかった暁には息子が自分で見つけたことにしてやりたいと言って、履歴書を差し出した。

履歴書に、佐野元の顔写真が貼ってある。逆三角形の輪郭、すっとした目元、色白でホクロが多いところが父親によく似ている。

草は答えあぐねた。百合子の気持ちはわかったものの、佐野教授の意見が適切にも思える。小蔵屋に限らず、どこもこれから年末年始にかけて忙しく、仕事探しがうまくいくものかどうか、草としても自信がなかった。何より自分自身が健康に繁忙期をのりきらなければ、方々に迷惑をかける。どのみち断ることになるだろうと思いつつ、いったん履歴書を預かった。

「じゃ、返事はあらためて。すみませんね」

「よろしくお願いします」

ほとんど食べ残した百合子に、その饅重と洋梨のラ・フランスを持たせた。

食べ頃の果実から漂う甘い香りが、いくらか慰めになったらしく、いい香り、と彼女が表情を明るくする。

その百合子がハンドバッグを腕にかけたのを見て、えっ、と草は思った。持ち手を腕に通した拍子にセーターの袖がせり上がり、広範囲の青痣（あおあざ）がむき出しになった。青痣は縁が赤みを帯び、まだ生々しい。腕を巻き込み、斑点状に広がっている。誰かが感情的になって彼女の腕をつかんで引き倒す、そんな光景がとっさに目に浮かんだ。

まさか佐野先生が？――草は百合子の目を見た。

百合子は微笑み、何事もなかったかのように袖を戻した。


地方紙、企業のホームページ、無料配布のタウン情報誌や求人情報誌。低迷し続ける経済下でも、その気で見れば求人はある。

草は試しに、多少でも伝（つて）がありそうな求人広告に赤丸をつけてみることにした。正規雇用で、大卒が大手から転職して満足できそうな条件となると、ついた赤丸は二つのみ。建設会社と旅行会社。どちらも営業職。商学部から上場企業の経営企画室という経歴ではどうなのだろうと、首を傾げてしまう。

「なんだ、お草さん転職？」

ふいの冗談に、草は我に返った。顔を上げると、運送屋の寺田（てらだ）がカウンター越しに覗き込んでいた。荷物を満載した台車を押している。

「やだ、何時？」

「開店二十分前でございます」

見れば、ガラス戸が開いており、表にトラックが停まっている。開店前のひと休み、ほんの五分のつもりで椅子に座り、いつの間にかカウンターの陰で突っ伏すようにして夢中になっていた自分に、草はあきれた。寺田がレジの準備中の久実と目を合わせて、くすくす笑う。

佐野百合子が相談に来てから数日が過ぎ、今日は春先のようにあたたかい。雲が厚く、今にも降りそうだ。

ご苦労さま、と草はあわてて履歴書や情報誌などをカウンター下にしまった。

「また誰かに頼まれたんだ」

「断るつもりなのよ。役に立てそうにないから」

「とか言って」

「ねえ、ちなみに寺田さんのとこ、求人募集してる？」

「してるけど、短期臨時の配達業務。大卒向きとは言えないね」

履歴書をざっと見たのか、倉庫へ行く寺田が気の利いた返事をする。飲んでいくかとたずねると、いただきます、今月は昼休みもまともに取れないから今のうち、と千本格子の奥の通路から声が飛んできた。コーヒー好きの寺田のために、草は朝の一杯を用意する。それから、久実と自分にも。

久実は立ったまま、カウンターに腕をついてコーヒーを飲み始めた。

「待ち人来ず、思わぬ人来る、ですね」

数日前に百合子が昼を食べていったのを知っているし、さっき草が夢中でしていたことも見ていたのだろう。草は説明のかわりに、うなずいておく。寺田は久実と同じ格好でコーヒーを啜り、履歴書などをしまった辺りを指差した。

「それが思わぬ人？」

はい、と久実がうなずく。

「なのに、不動産屋が来なくて」

「不動産屋？　なんだ、それ」

久実がまだ思い違いをしている。草は、不動産屋ではなく所有者に頼まれた人が来るのだと訂正した上で、面白い中古住宅があるから買わないかという話が舞い込んできたのだと寺田に話した。

「その家、どこにあるの」

「郵便局の本局近く。北本町だって」

草が首を横に振ると、買う気がないと伝わったらしく、いろいろと大変だねえ、とでもいうように、寺田がにやにやし出す。

「職探しに、住みかえ。なんか来る話、来る話、年齢を感じさせないね」

「またからかって」

寺田が、カウンターに置いてあった名刺を手に取った。

「変わった名刺だなあ。名前と連絡先だけか」

久実が忘れていたと言って、ちょっと前にそこへ置いた名刺だった。大きな青いリュックの男の話を、寺田に向かってまた始める。

「困りましたよ。野宿してますーみたいな、強烈なにおいでやって来て」

あれにはまいったわね、と草は合いの手を入れた。

「ラフな服にテーラードジャケットなんですけど、髭面で汚いったら。それでもって、ヤザワさんから来ればわかると言われて来ましたとか、あなたじゃなくてオーナーさんをお願いできませんかとか、意味不明なんです。営業妨害もいいとこですよ。私を変な人間だと思ってますね、と言われた時には、うなずきそうになっちゃいました」

「一ノ瀬公介、市内の北本町か。久実ちゃん、気をつけるんだぞ。逆恨みされるってこともあるんだからさ」

寺田がいかにも年頃の娘を持つ父親らしい心配をして、腕時計をちらっと見た。名刺をもとのところへ置き、コーヒーを飲み干す。と、ふいに眉根を寄せて動きを止めた。

草も、あれっ、と思った。寺田と目が合った。

「北本町って、中古住宅の……」

寺田と声が揃った。えっ、と久実が目を見開いた。

第一週が短かったので十二月最初の定休日となったこの日、草は久実を伴って例の家を見に出かけた。

今日が二人揃って休める年内最後の定休日になる。繁忙期は定休日も営業し、臨時に人を雇って草と久実が別々に休日をとる場合が多かった。店が開いていると思うと落ち着かないのでいっそ休みにしたのだから、今日くらいはゆっくりすればいいものを、久実が自ら一緒に家を見に行くと言い出した。

「驚きですよね。山に登っていたなんて」

愛車パジェロを運転する久実の横顔は、悪かったという気持ちと、一体どんな男なんだという興味がないまぜになっている。

草は顔をそむけて笑い、車窓から冬の街を眺めた。

並木の銀杏に何枚か残った黄色い葉が、午後の日射しに光って見える。車内は温室のようで、助手席にいると眠気に誘われる。後部座席には、菓子折りの入った風呂敷包み。

寺田と三人で北本町に思い当たった日、中古住宅の話を持ってきた常連がまた小蔵屋を訪れ、名刺だけ置いていったらしいけどお草さんわかったかい、一ノ瀬さんという人だそうだが、と言ったのだった。常連の後ろで、久実が頭を叩いて顔をしかめた。常連、その常連の知人、ヤザワという大阪在住の所有者、さらに青いリュックの一ノ瀬、計四人が関わっているため、どうも話がまどろっこしくなる。

一ノ瀬公介という人は、家の管理を条件に無料で住んでいるという。春から秋は山暮らし、冬はこの街で働く自由人だとか。小蔵屋を訪れた日は、予定より遅れて単独登山を終えたところに伝言があり、あわてて午前中に間に合うように県北から小蔵屋へ駆けつけたようだ、と常連は言っていた。

――明日の定休日あたり、どうかね。

常連の提案に先にうなずいたのは、久実だった。

もうすぐ着くというところで、草の携帯電話が鳴った。地味な小紋の膝に載せているハンドバッグから電話をとり出し、画面を見ると、幼なじみの由紀乃（ゆきの）からだった。由紀乃はこのところ横になる日が多く、電話の声は今日もそんなふうだ。

「草ちゃん、どうしたかしらと思って」

「これから家を見に行くところなのよ」

「え……家？」

家を見てから由紀乃の家に行くと今朝約束したのだが、家のことは忘れてしまったらしいので、草はあらためて説明する。話すうちに思い出してもらえる場合もあるが、今回はだめそうだ。度重なる小さな脳梗塞、後遺症が残る左半身とともに老いを先ゆく親友相手に、しっかりしなさいよ、と自分を励ますはめになる。生きているということは、変わること。そう自分に言い聞かせる。

「じゃ、またあとでね」

電話の間に、郵便局の本局を過ぎて目的の住宅地に到着したものの、家の場所がわからず辺りを一周してしまった。

常連がこの家の売買を扱う不動産屋から、一枚ものの物件概要書をもらってきてくれ、地図、外観の写真、図面等はあるのだが、コピーが粗くてわかりにくい。しかたなく車を降りた久実が、道ゆく老人に地図の部分を見せてたずねると、老人は眼鏡をひょいと頭にのせて地図に目を凝らしてから、道端の家の上方を指差し、この奥の糸屋(いとや)だね、と教えてくれた。

「糸屋？」

「屋号だよ。昔、本当に糸を売っていたのかは知らないが、近所ではそう呼ぶんだ。ええとね、入り口(はい)は二つ。歩きでしか入れない狭い道が、植木鉢の並んでるそこんとこ。ほら、まっすぐ行くと金属の低い門が見えるでしょ。しかし、このおっきな車を停めるなら、角を左に曲がった先だね。左右がブロック塀の、縦に細長い砂利敷きのとこに駐車できる。そこも糸屋の土地だから。奥の突き当たりにあるのが、糸屋の家」

車の窓を開けて話を聞いた草は、かつて養蚕や絹織物で栄えた土地柄を思い、親切な同年配の人に会釈した。

糸屋の家は木造瓦葺き二階建て、約八十坪の敷地の奥まったところに三十坪ほど。細い私道つき。屋根瓦は灰色、外壁はベージュ色の土、窓枠は木製で白く塗られている。一階の二面にわたるガラス戸が開放的で、二階の外へ押し開くフランス窓が洋風。階の境にある、いかにもあとづけの赤いスレートの庇(ひさし)が目立つ。駐車した場所から外観を眺めるだけでも、だいぶ手入れが必要そうな、和洋折衷の古い建物だと見てとれた。物件概要書には、築年月不明とある。

「あの人が住んでいると思うと、なんだか恐いような」

まず謝ります、と真顔になった直後に、久実もよく言う。

家の手前に、壊れた門扉をとっぱらった形跡のある木製の柵。そのそばにパジェロに似た車が置いてある。

「誰の四駆でしょうね。あの人、この間は誰かのワゴン車に送ってきてもらって、歩きで帰りましたけど」

「私たちの他に、家を見に来た人がいるのかもしれないね」

二人で家を回り込むと、洗濯物を取り込む若い男の後ろ姿があった。男が振り返り、草たちに微笑みかけた。ざっくりとした紺色のセーターと濃い色のジーンズがよく似合う。面長で知的な印象だ。ごめんください、小蔵屋の杉浦と申しますが、と草は風呂敷包みを抱えて挨拶し、一ノ瀬さんはいらっしゃいますか、と久実がたずねた。

「私です」

妙な間ができた。

「別人」

久実の一言は、草の心の声だっただけに、やけに大きく聞こえた。一ノ瀬は髭のない顔をなで、明らかにむっとしている。あーまたやっちゃった、ごめんなさい、と久実がなだめるように言ったが、きみはこの間の人だよね、いちいち失礼だな、と一ノ瀬が表情をこわばらせる。すると家の中から、くせぇ、くちゃい、と幼い声がして、ガラガラと一階のガラス戸が開き、姿を現した六つくらいの男の子ともっと小さな女の子が、しぼんだ風船のような青い大きなリュックや深緑色の寝袋を庭へ放り出した。何やってんだおまえら、と一ノ瀬は洗濯物片手に、リュックと寝袋を拾って家の中へ入れようとするが、男の子がガラス戸を閉めて鍵をかけてしまい、

「あんごうすいはんは？」

と、大きな声で言う。あんごー、あんごー、と女の子がガラスの向こうで飛び上がっては繰り返す。幼稚園で作ったお気に入りなのか、ピンク色の桃の絵みたいなものを描いた紙のおめんを頭にのせている。

一ノ瀬は、洗濯物を抱えてリュックと寝袋を引きずった格好のまま、ばつが悪そうに草と久実を見てから、子供たちに向かって言い放った。

「お客さんだ。飯盒炊爨は、また今度。今日は解散！」

子供たちのうらめしそうな視線を受けた草たちは、玄関のドアが開き、その子たちと別の男の子――なぜかビニール紐で作った腰蓑をつけ、腹のところにレトルトのカレーを二箱挟んでいる――が、次々出てゆくのを見送った。もう、草も久実も笑わずにいられない。

「あんごうすいはんのほうが、謎めいてていいですよね」

「スパイの味？」

中へどうぞ、と促す一ノ瀬もすっかり笑顔になっていた。

確かに、面白い家ね――草は率直にそう思った。

一階は、寄木の板の間が二間。境の吊り戸を開け放てば一部屋として使える。寄木の床は、竹の四つ目編みに似た大胆な模様、縁には別の幾何学模様がリボン状にめぐらせてあり、贅沢なつくり。庭を見渡せる南面と西面のガラス戸、それに沿う廊下のおかげで、十二畳分の板の間は何倍にも広く感じる。二階にも大小の洋間があり、無垢の板張りで、なにしろ明るく、窓辺に覗く常緑樹の枝に鳥がとまったり、緑のボールのような宿り木をつけた裸木の影が室内に揺れたりして飽きない。

他に、アンティークの域だろう照明器具やドア、ポーチや玄関の上がり端(はな)などにあるアーチ状の下がり壁も、なかなか魅力的だった。

二階が少し傾いている、水回りが中途半端に古い、耐震性に疑問符がつく、敷地に対して家が小さいだけに外掃除が大変そう等々欠点も多いが、この時代らしいこぢんまりとした普請道楽ならば持ってこいの物件だった。

さらさら買う気のない草としても、もしこの家を手に入れたとしたら、と夢想しないでもない。

「所有者のヤザワさんは、ここがご実家ですか」

「いえ。ここはお祖母(ばあ)さんの家で、他に相続人がいなくて相続したそうです。東京の団地育ちだから糸屋で過ごす夏休みが何より楽しかった、と聞きました」

「たまにはこちらに？」

「今は大阪ですからね、もっぱら電話です。私も直接お会いしたことはなくて。無料なんだから誰か住まないか、という話が回ってきて、最低月一回風を通して掃除してくれりゃいいからと聞いて、それならと引き受けました。ふらふらしてるあいつなら、と思った人がいたんでしょう」

「面白いわね」

だが、草にとってその経緯より面白かったのは、一ノ瀬という男の簡素な暮らしぶりだった。

ベッドにもなる大きなソファすら糸屋のもので、彼が持つものといえば、ソファベッドの肘掛けに寄せてある布団がわりの（清潔そうな）オレンジ色の寝袋、あとは例のひどいにおいのリュックや寝袋を含む登山用品、小さなクローゼットに収まる程度の衣類、隅に山積みにされている多種多様な本——哲学、登山、環境、経済という言葉が目についた——それと、修理から戻ってきたばかりの、表に停めてあった車くらいだそうで、

「いざとなれば、すぐに引っ越します。ご心配なく」

と、売買成立までの管理を任された住人らしく、一ノ瀬がさっぱりと言った。小蔵屋での印象とは違って話しやすい。自分からはあまりしゃべらないものの、何かきかれればざっくばらんに答える。

冬場は——以前は、礼金敷金なしのワンルームを借りて——ビル清掃などで稼ぎ、他の季節は県北の老舗温泉旅館に下働きとして住み込む。単独での登山が趣味で、要請を受ければ山岳のパトロールや遭難救助に協力するという。草が糸屋を出る頃には、久実が白根(しらね)や天神平(てんじんだいら)の話を彼としていた。スキー場のある山なら、久実もよく知っている。

由紀乃の家に上がっても、糸屋そのものより一ノ瀬についての報告のほうが長くなった。

「難しそうな本の山に、谷川岳の写真が立てかけてありましたよね」

「あったわね。一ノ倉沢。緑がきれいな」

「あれ、弟さんが撮ったんだそうです」

ベッドの上にクッションをいくつも使って座っている由紀乃が、夕食を用意している久実と草に向かって身を乗りだした。

「あら、一ノ瀬さんは何人きょうだい？」

「男ばっかり四人。三番目ですって」

実家はどこなの、と由紀乃が重ねてきく。

「市内みたいですよ。出身高校はすぐそこ。頭はいいのかもしれないけど、実家の会社は上の二人が継いだから気楽なんだ、なんて言っちゃって、なんだか変人」

いつそんなおしゃべりをしたのか、草の知らない話が出てくる。

久実の見ていないところで、由紀乃が草に向かってにんまりした。久実の新しい出会いに期待したのか、とってもうれしそうだ。

今日は、ベッドの上でピクニック。まだ外が明るいうちから夕食にした。

寝室の空気を入れかえ、ベッドの上に撥水加工の花柄のテーブルクロスを広げて、デパートで買ったおやきと合鴨ロース、草手作りの煮物や浅漬け、由紀乃宅にあった林檎やクッキーなどを、木製の盆や持ち手のついた果物籠を使って並べると、ピクニックらしい雰囲気になった。ヘッドレストの方にいる由紀乃はキルトのガウンを着て落ち着き、久実と草は椅子を持ってきてベッドを挟んで座る。

一ノ瀬の暮らしぶりを見た草は、こんな夕食もいいじゃないの、という気になった。久実は最初から乗り気で、少々抵抗があったらしい由紀乃もテーブルクロスを広げた頃には、久実に頼んでレースカーテンを開けた。冬の平凡な庭、ガラスから滑り落ちる冷気も、こうなるとごちそう。草はエアコンの温度を上げた。

だいぶ傾いた金色の日射しを受けて、いただきます、を言う。緑茶で乾杯する。

「山岳のパトロールと遭難救助って、警察に山岳会とかが協力するんでしたっけ」

「たぶんね。警察だけじゃ人手が足りないもの」

「すごいわ。時には命懸けね。趣味で山登りをする人たちに、いろいろ教えたりもするのかしら」

「安全講習ですか。そういうのも、ありそうですね」

つい、一ノ瀬の話になる。

「あっ、そういえば、コーヒーはあんまりって言ってました」

「じゃ、由紀乃さんのお仲間だわ」

「香りはいいけど、私には苦すぎるの」

「水出しならどうですか」

「あれ、まろやかでしょ。由紀乃さん前に飲んで、これならましねって」

「そうだった？」

おやきの具は茄子か野沢菜かと、久実が真剣に選んでいる。その久実にわからないように、草は由紀乃と顔を見合わせた。久実ちゃんたら一ノ瀬さんの話ばっかりね、と由紀乃の顔に書いてある。

「飯盒なんて言葉、久し振りに聞きましたよ」

「ハンゴウ？ ああ、飯盒ね。山でごはんを炊く、アルミの小さいバケツみたいな」

「それそれ。近所の子供たちにねだられて、糸屋でも時々飯盒炊爨をするらしいの」

「その子供たちがいたんですよね。腰蓑と桃仮面の」

「なあに、それ」

久実が野沢菜のおやきを頰張り、一度ここでした話を、何食わぬ顔で再度話す。きっとまた由紀乃が笑うだろうと思うと、草は顔がゆるんでしまう。

壁のカレンダーには、来週から一週間ほど、両矢印の長い線が引かれていた。ヘルパーが書いてくれたものらしく、線はまっすぐで「検査」の文字が丸い。

来週、由紀乃は東京の病院に入院する。検査結果によっては、予定より長引く。初めてというわけではない。名古屋に嫁いだ娘が車を頼んで迎えにくるのだし、宮崎に住む息子も頼りになる。考え方によっては、孫たちに会ったり、外で刺激を受けたりする機会でもある。そんなことを一つ一つ、また草は自分に言い聞かせる。

外が暗くなるにしたがって、風が強くなった。

由紀乃の家で過ごしたあと、草は久実と別れて佐野百合子の家へ回ってみた。乾燥した冷たい空気が喉に刺さるようで、大判のショールに鼻先まで埋める。明かりのともる家々から、炒めものや石鹼のにおいが漂ってくる。

顧客名簿の住所から、大体の場所はわかっている。行ってみると、青い屋根の平屋で、どちらかといえば小蔵屋より由紀乃の家に距離が近かった。屋根つきの車庫に、銀色のセダンとチョコレート色の小型車が並んでいる。夕食時で主婦は忙しい時間帯だ。ここでばったり出くわした百合子に、ハンドバッグに入っている履歴書を返して、あの話を断わる。そんな想像は現実になりそうもなかった。できれば早く気楽になりたいが、小蔵屋で待つしかないのだろう。帰ろうと歩きだした草は、すぐにまた立ち止まった。物音を聞いた気がした。

音がした方を見ると、チョコレート色の小型車に人がいた。家の方へ向けてある車の運転席に座り、窓の縁に肘をかけ、ガラスに腕を打ちつけている。放心したように前を向き、ドン。また、ドン。白っぽくて短い髪。セーターの腕に垂れ落ちたエプロンの紐。

百合子だった。低く鈍い音が、いつまでも這うように響いてくる。

それまで暗かった端の部屋に、明かりがついた。

作りかけの夕食、誰もいない食卓を、草は思い浮かべた。だが、何も見なかったことにしてそこを離れた。


目が回るような忙しさの土日が過ぎ、それでもあの晩の百合子を忘れられなかった。

週明け早々、東京の病院へ向かう由紀乃を見送った。店に立った今も、盆の窪のお団子から小振りのべっ甲の櫛を抜いて白髪をなでつけながら、百合子と由紀乃の姿を思い浮かべている。どちらにも自分が重なる。結婚生活を続けて一人息子を失わずにいたなら、早くに病に倒れていたなら、あり得た姿だった。それだけに下手な同情もできない。

週明け最初の客は、糸屋の話を持ってきた例の常連だった。小蔵屋オリジナルブレンドの豆を注文し、カウンター席に座る。

「どうだった、あの家は」

草は試飲のコーヒーを常連に勧めた。

「確かに面白い家でした。床なんて寄木ですものね。でも、私にはとても」

残念そうに、常連が頬をさする。久実が会計カウンターの後ろに並ぶ瓶から、注文のコーヒー豆を取り出して量る。豆の軽やかな音、あとから入ってきて奥の和食器売場へ行く主婦たちのおしゃべりが、ちょっとした気まずさを消してくれる。

「なんだ、そうかあ。お草さんならと思ったが」

「どなたか他にいるでしょう。悠々自適で普請道楽のできる人が」

「いないね。家のローンを完済しても、まだ子供や孫にすねをかじられて、やせ細る一方のばかりで。後がいなくて会社を辞められないのもいるけど、それはそれで金はあるが暇がない。優雅な老後なんて、夢のまた夢」

「後がいない？」

草は、なんとなく引っかかって聞き返した。

「即戦力が必要なんだとさ」

「どんな」

「マーケティングがわかる人材」

草はマーケットという馴染みの言葉と結びつけて、市場調査ですか、とたずねた。

「マーケ……？」

「そう思うだろ。ところが市場調査だけじゃなく、もっと複雑らしい。経営企画コンサルティング企業でね」

草は試しに、こういう人が仕事を探していると、佐野元の経歴のみ伝えてみた。有名私立大学商学部から上場企業経営企画室と聞き、常連が関心を示した。いくつ。三十。もしマーケティング専攻なら、ここに本人から電話してもらってかまわないよ。そんな話の末に、草は社名、担当者、電話番号、それからマーケティングと記したメモを手にした。

「お草さんの親戚？」

「いいえ。そんな話を人から聞いて」

「それなら、あとは当人に任せよう。一応、私が先方に連絡しておくけどさ」

「そうですね。縁があれば、うまくいくでしょうから」

午後、小蔵屋に現れた佐野百合子は、そのメモを見て表情を輝かせた。

ありがとうございます、あの子マーケティングを勉強したんです、と言って何回も頭を下げる。客の目が気になり、草は彼女を千本格子の奥の通路へ連れていった。

「縁があればうまくいくかもしれないという程度の話ですから」

あまり過大な期待を持たせないように、念を押す。

「ええ、もちろんです。本当にありがとうございます」

「あくまで電話は元さんから会社へ。お願いしますね」

「はい。早速、あの子に連絡を」

寝不足そうな疲れた目に、うっすら涙が浮かぶ。

草は危うさを感じた。

佐野元は三十歳。社内恋愛で疲れ切って退職という、人生のつまずきもわからないではない。だが、いっさい手を貸さない、仕事をせずに同居するのも許さない、と言ったという佐野教授を単に厳しいとも言えなくなっていた。

すみません、と百合子が恥じたように目尻を拭う。指先が震えている。

「馬鹿な母親ですね。もう大きな息子に、あの子だなんて。夫にも叱られました」

草は首を横に振ってごまかすことも、てきとうに微笑み返すこともできなかった。佐野教授と同じ目つきをしているのだろうと自覚した。自分だって馬鹿な母親だというのに。幼い子を相手方に残して離婚した女を、誰も誉めはしない。

預かっていた履歴書を返すと、肩の荷が下りた。

佐野百合子が帰る時には、かなりの雨になっていた。

曇天でこの季節にしてはあたたかだったが、湿度が上がり、なおさらあたたかい。百合子のチョコレート色の小型車が、店前の駐車場から出てゆく。

それを草が戸口で見送っていると、駐車場の端で、別の客が転びそうになった。右の板塀沿いに駐車した、六十代だろう女性客だった。足元の水たまりに苦心して下車、雨に濡れながらやっと傘を差し、歩きだした途端につまずいた。少々遠くなっても他の枠にすればよかったという様子で周囲を見回す。あの辺りは四台分にかかる窪みができてしまい、アスファルトもひび割れ、客が避ける場所になっていた。窪みのひどい枠に久実のパジェロを置いてもらっているものの、万全とはいかない。

草は久実に断ってから、蝙蝠傘を差して客を出迎えた。

「いらっしゃいませ。あそこ、いつまでもでこぼこしていてすみませんね」

「いいえー、他のところに置けばよかったんですけど」

平らに戻して白線も引き直す予定だったが、早いところでもひと月半待ち、今月に入って今度は業者の都合によって工事が遅れていた。女性客と軒下まで一緒に歩き、簡単にその件を伝える。

「どこも暮れは立て込みますものね」

「年末までには何とか。ご迷惑おかけして」

気ぜわしく日暮れも早いこの時期、放っておくわけにもいかなそうだった。

降りはさらに強まり、客が途絶えた。久実も銀行へ出かけた。

水たまりのかかる四枠に、草はプラスチック製の三角コーンを並べて使えなくすることに決めた。

小紋に雨合羽と長靴という格好で蝙蝠傘も差し、軒先から一つずつ緑色の三角コーンを運ぶ。風に耐えられるよう重りをセットしてある。重さと雨で、とがった先を持つ手が滑る。途中、いったん休み、傘を持っていた手に持ちかえる。車が入ってきた音に急かされる。久実が帰ったにしては早い。後ろを見てみると、やっぱり久実の車ではなかった。がたつかない場所を選んで三角コーンを置き、戻って次を運んでいると、残り二つの三角コーンに追い抜かれた。えっ、と思って顔を上げたら、青いヤッケを着てフードまで被った男が先を行き、適当な場所に三角コーンを置くと、水しぶきを上げて駆け戻ってきて、草の手から滑り落ちたのを持ち、また一往復。あら一ノ瀬さん。こんにちは。雨の中の会話はそれが精一杯で、助かったわ、先日はどうも、こちらこそお世話になって、といった話は軒下に入って衣服の雨を払いながらになった。何の説明もなしに予定の場所に並んでしまった三角コーンを、草は二度三度と眺めた。

「面白い家だったけれど、お断りしたわ。そこまで余裕もないし」

「そうですか。じゃ、まだ引っ越さなくてもいいのかな」

一ノ瀬が、脱いだヤッケをザバッと振り、水気を飛ばす。

草は一ノ瀬にカウンター席を勧め、緑茶と小分け包装の羊羹を出した。

「誰もいないから特別。コーヒーだめなんでしょう」

「インスタントの薄いのなら。でも、水出しはおいしかった。ごちそうさまでした」

一ノ瀬が、ヤッケのポケットからステンレス製の水筒を出してよこす。草は覚えがなかった。

「久実ちゃんが？」

「ええ。ちゃんと湯煎しましたよ。彼女いませんか？」

「銀行……」

「そうですか。じゃ、よろしく言ってください」

いただきます、と言った一ノ瀬は緑茶を飲み、羊羹をポケットに放り込むと、もう腰を浮かした。ちょっ、ちょっと、と草はあわてて引き止めた。これで彼を帰したら、久実ががっかりする気がした。すると一ノ瀬が外を見て、おっ、と言った。久実が傘を差して戻って来る。ああよかった、と草は思わず言った。久実が一ノ瀬の車に気づき、足を速めた。軒下で傘を閉じるより先に、ガラス戸を開けて顔だけ入れてくる。

「戻りました。こんにちは」

「ご苦労さま」

「こんにちは」

「三角コーン、大変だったでしょう。言ってもらえば、私が運んだのに」

「大丈夫。一ノ瀬さんに手伝ってもらったから」

「水出し、うまかった」

うなずいた久実は水を切った傘を、傘立てがわりの陶器の壺へ入れ、草は預かったステンレスの水筒を振って見せる。

「久実ちゃん、車は？」

「三角コーンが置いてあったから、第二駐車場に。工事が終わるまで、あっちを使います。お客さんに、こっちの駐車場が一台でも多い方が。あっ、湯煎した？」

「ちゃんとした。あのさ、今夜は焼き鳥屋。とりいち」

「わかってる。ツカちゃんから連絡が来た」

三人の会話は入り乱れ、途中から草はうれしいおいてけぼりを食った。

久実と入れ違いに、一ノ瀬が出てゆく。なんで傘使わないの？　面倒くさい。自分がまたくさくなるぞー。遠慮なしの会話が交わされ、一ノ瀬はヤッケをさっと着て雨の中へ走り出ていった。草は戸口まで行って久実と並び、彼の車を見送る。返された銀行用のポーチを抱えると、ひんやりとした感じと重たさが、外から入ってきた猫のようだった。なでて雨粒を拭う。

「ツカちゃんて？」

「共通の友だちというか、なんというか。一ノ瀬、山登り、変わり者ってどこかで聞いたなあと思って、高校時代からの友だちのツカちゃんにきいたら、ツカちゃんの、旦那さんの、同級生だったんです」

ツカちゃんの、旦那さんの、同級生、にあわせて、久実が右手の人差し指で宙に三つ点を打ち、それから自分の顎先に触れた。

「じゃ、今夜はその四人で焼き鳥？」

「はい。世間は狭いですね」

「ほんと。何か他に聞いた？」

「高校時代のあだ名は、謎の男と書いて、謎男ですって」

「確かに謎だわ。今夜会うなら、何もわざわざ水筒を返しに来なくたって。ねえ」

草が肘で久実の脇腹をつつくと、久実も身体で押し返してくる。

雨がザーザーと、気持ちいいほどのしぶきを上げて降り続いている。

十二月第四週の水曜、やっと店前の駐車場の工事が始まった。

工事車両や砕石の置き場が必要で、駐車場の三分の一は使えない。二日もすれば終わるが、アスファルトを切ってはがし、土を入れて地面を押し固めるので騒音がひどい。近隣への挨拶、客への周知や配慮など、草も仕事が増えた。当然、工事の音に負けじと声が高くなる。

「いらっしゃいませ。試飲いかがですか」

午後、カウンター席に髪の長い女性客がついた。

その後ろの楕円のテーブルにいた中年の主婦二人が彼女を見て、あの人知ってる、誰だっけ、と話し始めた。知ってる、と言った黒縁眼鏡の主婦が三つのポーズを決める。まず、両手を頬に当てにっこり。次に、右手の人差し指をクルクル回して魔法をかける。最後に、両手で拳銃を構えてズキュンと撃つ。それを見ていたもう一人が、わかったとばかりに手を打った。

「あっ、オリエ」

この街出身のアイドル歌手オリエのことなら、草も知っている。唯一のヒット曲は『ラブストームを制御せよ』だ。さっきの三ポーズが「愛は素敵、愛は奇蹟、愛は無敵」というサビの部分の振り。

でも、アイドル歌手だったのは、ひと昔前のこと。

現在は駅前の旅行会社の非正規社員、平緒里江（たいらおりえ）。週一、二回コーヒー豆を買いにこの店に立ち寄り、たまに贈答品を発送したりする、小蔵屋にとってはありがたい客だ。目の前の平緒里江が、茶色い大きな瞳で草をちらっと見た。草は微笑み返す。主婦二人は声を抑えたつもりかもしれないが、工事の騒音の合間に、年寄りの耳にも話が聞こえていた。

緒里江は、襟あきの大きな黒いニットにグレーのプリーツスカート、ショートブーツで、休みの日も大人しい服装だが、顔が小さく手足も長くて、すらりとしている。まっすぐで艶のあるロングヘアも変わらない。芸能界では珍しくない容貌が、垢抜けた着こなしも手伝って、この街では目を引く。だから、今日のようなことも少なくなかった。

「覚えていてほしいような、忘れてほしいような」

帰り際に、ぽつりと言った緒里江は、白い歯をのぞかせて微笑んだ。

近くで、その様子を見ていた一ノ瀬を、久実が引っぱり、千本格子の奥の事務所へ連れてゆく。一ノ瀬が差し入れのつもりで買ってきたたこ焼きから、ソースのにおいが広がり、草は換気扇を強くした。においに無頓着な一ノ瀬に、久実が注意する声が漏れ聞こえ、ほほえましい。先にいただきなさいと言っておいたから、久実がたこ焼きを食べながら、おそらく平緒里江について話すだろう。子供の頃、スキー教室で一緒だったこと。その当時からかわいくて、負けず嫌いで、歌が上手だったこと。おそらく、緒里江のほうは久実を覚えていないこと。

今日の久実は、チェック柄の巻きスカートをはいている。他に、紺地に小花のフレアスカートと、デニム地のワンピースも増えた。友人のツカちゃんが、おめでたで着られなくなった新品の洋服を譲ってくれたのだそうだ。美容院には行ってきたばかり。近頃は爪もきれいに磨いている。パンツスタイルばかりで色気より食い気だった久実も、おしゃれが楽しくなったようだ。ビルの清掃をしている一ノ瀬は、二日続けて休める日も、夜間に仕事をして昼間のんびり過ごす日もあるらしかった。

佐野元もコーヒー豆を買いに来て、カウンター席で試飲している。就職が例の経営企画コンサルティング会社に決まり、新年から仕事を始める。逆三角形の輪郭やすっきりした目元、色白でホクロが多いところが、いかにも佐野教授似だ。百合子も息子の隣にいる。就職の件で小蔵屋さんにお世話になったことは元に伝えないでおこうと思います、と先日言っていた。息子に話して何かの拍子に佐野教授に知られては困ると考えたようだ。草も、そのほうが気楽でいい。だから、単に客の一人として佐野元に接している。

そんなふうに、由紀乃に聞かせたい話が増え続けていた。

由紀乃は、検査結果が少々芳しくなく、退院が延びていた。本人の声は聞いていない。由紀乃の娘から連絡があった。今の由紀乃には、病院から電話がかけにくいのかもしれなかった。

翌朝は、どうかしたようなあたたかさになった。

草は日課で歩くついでに、由紀乃宅を訪れた。

頼まれているので、郵便受けのものを取り出し、合い鍵を使って家の中に入る。

草は部屋の空気を入れかえ、毎度の不要な投げ込みチラシを古新聞入れに放り込み、急ぎらしき郵便物がないことを確認する。主のいない家は、ひっそり静まり返っていた。

ローテーブルの白い固定電話に、朝日が当たっている。「短縮ダイヤル1」を押してみる。首の紐に下げて着物の懐に入れている携帯電話が、軽快なメロディを奏でる。いったん電話を切り、今度は「短縮ダイヤル2」を押した。数回の呼び出し音のあと、小蔵屋の営業時間外の録音案内が流れる。

「ま、ちょっとの間のことですよ」

自分を励ますと同時に、東京の病院にいる由紀乃を思って、声にしてみる。

すると、懐の携帯電話がまた鳴った。

首にかけている紐をたぐり、携帯電話を引っぱり出してみると、公衆電話からと画面に表示されていた。飛びつくようにして電話に出る。紙をがさがさするような音、ありがと、ありがとね、と繰り返す声がした。由紀乃だった。車椅子をもう少し近づけようか、と若い男の声がする。年下の入院患者に頼んでかけているらしかった。

「あら、由紀乃さん？　おはよう。どう－？」

由紀乃の声が聞こえた途端、草の胸はいっぱいになったのだったが、できるだけ呑気に話しかけた。

「やだわ、もしもし言ってないのに、どうしてわかるの」

「聞こえたわよ、声。誰かにお願いして公衆電話？」

「そうよ。なんでもお見通しね。さすが、草ちゃん」

いい年をして、こんなにも電話をすることがうれしいだなんてどうかしている。そう思うのだが、こみ上げてくる喜びを抑えられなかった。由紀乃がそんなに長い入院ではないことと病院食がおいしくないことを、草が由紀乃の家にいることと急ぎらしき郵便物はないこと、それから久実に一ノ瀬という山登りのボーイフレンドができたことを話すと、時間切れになった。よほど胸に響いたのか、山登りの変わった男の話を、なんと由紀乃は覚えていた。

明るい兆しに、草の心は弾んだ。

この日は四月の陽気になった。

時期が遅いかもしれないけれど小春日和と呼びたくなるような日だと、地元のFM局から穏やかな声が語りかけてくる。ラジオからは花の季節を思わせる明るい音楽が流れ、窓辺を季節はずれの蝶が飛んでゆく。

午前中のうちに、店前の駐車場の修繕箇所には、まっさらな白線が引かれていった。定休日返上の小蔵屋を、草はアルバイトと二人で切り盛りする。今日は久実が休み、明日は草が休む予定になっている。

だが、いくら今日があたたかいとはいえ、季節は冬。

ある日はからっ風が吹きすさんで年寄りを倒したかと思えば、またある日は水道管が破裂するほどの寒気が襲い、慣れない大雪が人の身動きを封じる。そんな容赦ない季節だったのだと、いずれ草は思い知ることになる。

第二章　嵐（おろし）の夜

店前の駐車場に、真新しい白線が引かれていく。

工事は二日目。平らに戻した箇所と周辺まで、枠を引き直せば終わる。台車に塗料のタンクを載せたような白線引きの機械を押す係を中心に、数人の作業員がきびきびと動く。その様を眺めた草は、掃除用具を持って第二駐車場へ向かった。

第二駐車場は、小蔵屋を出て左にまっすぐ行った先の右手。近くといっても、今日も工事でここまで歩かせてしまう客が増えることになるので、開店前にせめてきれいにしておきたかった。近所から借りているのは、社宅の駐車場だった場所。細かな砂利敷きに黒と黄色のトラロープの枠が十六台分、左右に振り分けられている。安くて助かるものの、年中絶えない落ち葉やごみが困りものだった。

向かって左の空き家には楠の大木、右の独居老人宅にも庭木が多い。奥のブロック塀の向こうにある月極め駐車場には、清涼飲料水の自動販売機が二台並んでいる。

辺りをあらためて見渡した草は、しかたないわね、とつぶやき、掃除にかかった。枯れ葉、ペットボトルと空き缶、スナック菓子の袋などを分け、ごみ袋に入れてゆく。頭では、これから活ける花のことを考える。大壺への投げ入れは済んだが、売場のあちこちに置く小さな花がこれからだ。

左奥の隅、車止めの陰に、白っぽい布製のものが落ちていた。

「なんだろ」

長火箸様のごみ拾い用具でつまみ上げてみたそれは、ショーツと靴下の片方だった。靴下も大きさからして女物。なぜこんな場所に？――草は眉をひそめた。これまでも妙なものがいろいろと落ちていた。自転車のサドル、タイヤ痕のあるスリッパ一足、使用済みの大人用紙おむつ等々。草は一つ息を吐き、掃除を続ける。息も白くならないあたたかさがありがたい。

店に戻ると、運送屋のトラックが来ていた。

寺田が、忙しそうに荷物を台車へ下ろしている。草は朝の挨拶を交わし、倉庫にあるかなりの量の集荷も頼む。

「商売繁盛ですね。おれからも、いい話があって」

「なあに。にまにまして」

「一ノ瀬公介殿は、あの一ノ瀬食品工業の三男」

寺田がさらに二つ三つ荷物を台車へ下ろす間、草は軒下にごみ袋を置いて考えた。一ノ瀬食品工業と言われても何も思い当たらない。

「一富（いちとみ）ですよ」

言われて、草は手を打った。

「あっ、梅の一富！　そうだ、創業者は一ノ瀬富……なんとかさんなのよね」

この辺りのデパートやスーパーで、一富の文字を見ない店はない。梅干しに始まり、梅のジュース、酒、ゼリー、ドレッシング等々、近頃は梅味の焼きそばやポテトチップスといったものまであり、梅といえば一富だった。筆字のロゴマークが醸しだす縁起の良さと高級感から、贈答品にもよく使われる。郊外にある大規模な一富梅園には、レストランや物産店、見学可能な工場があり、花の時期には特に多くの観光バスが乗りつける。

「本業の食品包装機械より、梅の加工品のほうがメインになって梅御殿が建ってるんだ。彼が三男だって、久実ちゃんは玉の輿じゃないのかな」

「久実ちゃん、知ってるのかしら」

「どうだろ。まあ、金はないよりあったほうがいいよ。うん。おれは、ほっとしました」

台車を押し始めた寺田のあとについて、草は店内へ戻る。寺田と同じ気持ちだった。由紀乃もベッドの上でピクニックをした夕方、草にささやいた。三男は気楽だけれど収入のほう大丈夫かしら、と。こうして誰も彼も順繰りに歳をとりつつ、若い人たちの嫌がる心配をするようになるのだと思うと、草は可笑しくなってしまった。とにかく、由紀乃への報告がまた一つ増えた。

寺田がアルバイトに挨拶し、首を回して草を見た。

「あれ、久実ちゃんは？」

「今日はお休みの日。小蔵屋は定休日返上」

「じゃ、明日、お草さんがお休みですか」

今日一日もうひとがんばり、と帯の辺りを割烹着の上からポンと叩き、気合を入れる。

昨夜は終わり間際に歳暮の注文が入り、久実と二人で残業になった。作り置きのポトフを食べた夕食も、布団に入ったのも、いつもより二時間ほど遅かった。疲れがたまっているけれど、今年もあと幾日かだ。

ところが翌日も、久実から休むと連絡があった。

風邪を引いたという。めずらしいことだった。

声が出ないからと、連絡はファックス。機械からコピーのように出てくる紙に、いつもより少々しぼんだ文字で《こんな忙しい時に、たるんでいて本当に申し訳ありません。アルバイトを手配してあります。今日も戸田さんです。》とあり、正座して謝る福助のようなイラストが添えてある。

草もファックスで、心配しないでよく休むようにと返事を送った。機械に手書きの原稿が吸い込まれ、読み取られつつ出てくるのを見ながら、久実がぐったりして横になっている様子を想像した。

「風邪だって連絡があって」

「鬼の霍乱」

アルバイトや運送屋の寺田、常連たちと、こんな会話を再三交わした。

翌日の土曜も風邪は治らず、久実から同じようなファックスがまた届いた。

「今日もだなんて。よっぽどひどいのね」

草はインフルエンザではないかと返信してみたが、違うという。以前から風疹、麻疹、水疱瘡、おたふく風邪の類は、子供のうちにかかったりワクチン接種したりで心配ないとも聞いていた。

「戸田さん、悪いわね。急に三日連続で」

「全然。旅行資金を貯めているところだから、ありがたいくらいで。あっ、すみません、レシートが終わりそうです。補充用のロール紙も、いつものところになくて」

「はいはい、コーヒー淹れ終わったら、持ってきますね」

週末は、ただでさえ客が多い。

クリスマスも近いとあって、包装の要望も増える。

コーヒー豆の販売、商品の補充、駆け込みの歳暮と、運送屋の寺田ではないが昼休みもままならない。そこで午後から試飲サービスを休止した。九日連続の忙しさは、さすがに老体にこたえる。細い身体から、さらに体重が落ち、自分でも顔が小さくなったのがわかった。零細の弱さ、久実の頼もしさを、草はあらためて実感した。

この晩、久実にファックスを送っておいた。《明日の日曜は三人体制にして、私は楽をします。アルバイトは戸田さんと須藤さんにお願いしました。返事はいらないから、

店のことは気にしないでよく治してね。》

するとと《出勤します。ご心配おかけしました。お草さんはお休みしてください。》とまた手書きのメッセージが返ってきた。ファックスが動いたのは、日曜の午前七時過ぎのこと。《無理しないのよ。》《もう大丈夫です。》

結局、草は久実を待つことにして、冷凍してあった牛肉を使ってシチューを作り始めた。保温調理鍋を使えば、仕込む手間だけでわけない。

「おはようございまーす！　ご迷惑おかけしました」

出勤してきた久実を見た途端、草は身体がふっとゆるんだ。

羽織ったダウンジャケットの前を寒そうに合わせてきた久実は、まだ声がどことなくガサガサしている。マスクをして、首にはチェック柄のスカーフを厚く巻き、紺色のセーター、ジーンズ、スニーカー。最近始めたおしゃれは、風邪がすっかり治ってからのお楽しみになるらしい。

「鬼の復活だわね」

「なんですか、それ。絶対に寺田さんと言ってましたね、鬼の霍乱とか何とか」

「ううん、みんなで」

ひっどーい、と久実がふくれる。コーヒー色の胸あてエプロンをつける。エプロンの紐を首にかける時、ずれたスカーフの下から赤黒い痣（あざ）のようなものが見えた。よく見れば、手首や顔にもちょっとした引っかき傷があり、右耳の下には絆創膏が貼ってある。

草が首に触れようとすると、久実は笑って身体を離した。

「風邪にかき壊しなんて、なんだか子供みたいですよね。もうー、甥っこ姪っこが何かしら運んでくるんですよ。手洗い、うがいを一段と徹底しなきゃ」

とはいえ、久実が寝込んでも実家暮らしで両親や兄の家族がいると思えば、草としては安心できる。

今朝は季節なりに冷え込んだ。それでも日射しがあり、表は明るい。

パジェロは店前の駐車場に停めてある。軒下には、ごみの詰まった使い古しのコンビニ袋がいくつか。久実が出勤途中で先に第二駐車場へ回り、ペットボトルや落ち葉を集めてきてくれたのだった。数日休んでいたので、気になったらしい。いちいち言わなくても通じる久実を、草は本当にありがたく思った。

「クリスマスの予定は？」

「なーんにもないです。おれはキリスト教徒じゃないから働くとか言っちゃって」

不満のなさそうな軽い言い方だった。あはは、と草は笑ってしまった。

「山が神様なのかしらね」

二人はすでに公介、久実と呼びあう仲。独特のペースができつつあるようなので、梅の一富について草は黙っておく。

おはようございます、とアルバイトの二人が出勤してきた。スキーつながりの三人は元気がよく、年齢は違っても仲がいい。

「じゃ、今日一日よろしくお願いします」

草は休むと決め、裏の住まいへ引っ込む。


数日が忙しく過ぎ、今年最後の営業日の朝となった。集荷分を載せた台車を止め、戸口の向こうで久実と立ち話していた。久実は窓ガラスを拭く手を止め、ぼうっとしている。なんだ知らなかったのか、と寺田が目を丸くする。

「放すなよ。変人でも、玉の輿だ」

久実が寺田に威勢よく背中を叩かれ、がくんと膝を崩す。ガラス戸に手を突き、寺田の背中を目で追う。

「間違いじゃないですか。公介、お金ないですって」

「いいんだよ。実家にあれば」

顔をこちらに向けた寺田は満面の笑み。

予想外の話に頭がくらくらしたのか、久実は軒下に座り込んだ。

一ノ瀬公介の実家が、梅の一富で有名な一ノ瀬食品工業だという話だった。カウンター内で花を活け直している草にも聞こえていた。

ガラス越しに久実が潤んだような目で見るので、草は知っていたという意味で一つうなずいておく。はーっ、と深いため息が聞こえた。

クリスマスイブの前からずっと、小蔵屋は花にあふれている。

メインは唐津焼の大壺に、枝ものを大きく使った投げ入れ。

他のディスプレイのテーマは「楽々、花と器」。簡単なひと工夫で、年末年始を演出できればという提案。夏に活躍したガラスの水差しに、金銀のリボンを巻きつける。舟形の器に、二枚の万年青(おもと)を使って他のものを活ける土台を作る。長手皿に、小さな器をのせる。それらへ自由に花を活ける。たとえば、踊るような蔓(つる)ものの足元に、ごく短くした大輪の花をいくつか。あるいは、こんもりとした葉に、小さな花を低くぎゅっと。もっと気楽に、花数輪とありあわせの果物をごろっと。クリスマスと正月に、花の種類を変えたり、ツリーの飾りや干支人形を添えたりするのも楽しい。

懐の携帯電話が振動した。心なしか、振動音が弾んで聞こえる。濡れ手を振って首紐をたぐり、携帯電話を引っ張り出してみると、小さな画面にやはり由紀乃の名が表示されていた。一昨日、由紀乃は退院して帰ってきた。

「草ちゃん、今夜は早じまいよね」

「そうそう。退院祝いと小蔵屋の忘年会は七時開始。久実ちゃんと押しかけるから」

「一富の公介さんに会いたいわ」

「今日は無理みたいだけど、そのうち必ず」

すんなりいく会話に、草も気持ちが弾んでくる。治療と入院生活の刺激が効を奏したらしかった。

由紀乃の電話が終わると、今度は店の固定電話が鳴った。開店は十時。まだ五分あったが、草は電話を取った。たいらです、と女性が名のる。

「ええと、あの……オリエの平です」

「はい、平緒里江さん。いつもありがとうございます」

以前アイドルだった平緒里江だ。だが、草は旅行会社の制服を着た彼女を、あるいは小蔵屋のカウンター席に座った彼女を思い浮かべていた。

「お忙しいところ、すみません。ちょっとお伺いしたいことがありまして」

商品か何かの問い合わせだろうと、草はメモの用意をした。

「はい、どうぞ」

「お店に防犯カメラがありますか」

防犯カメラと聞き、胸騒ぎを覚えた。いいえ、と答えると、そうですか、と返ってくる。明らかに落胆している様子。相手の声も不安を帯びている。

「お店にないとすると、離れた駐車場にも」

「第二駐車場ですか。砂利敷きの」

「はい」

「第二駐車場にも、防犯カメラはちょっと……。あの、何があったんでしょ。車上荒らしとか、車を傷つけられたとか？」

平緒里江が黙り込んだ。その数秒が、長く重く感じられた。

紅雲町に、防犯カメラを備えた店や事務所は数多く、まれに住宅もあるはず。だが、小蔵屋前の道の付近はどうだろうか。この店から第二駐車場まで、おそらく防犯カメラらしきものはないと思われる。草がそのように伝えると、平緒里江は礼を述べて電話を切った。

聞こえたのだろう。久実が、カウンターの向こうに来ていた。

「緒里江さん、何があったって」

「答えなかった。緒里江さんが最後に来たの、いつだった？」

二人で記憶を突き合わせてみると、先週の木曜の終わり際だったとわかった。小蔵屋が定休日返上で営業し、久実が予め決まっていた休みをとった日。要するに、店にいたのは草とアルバイトの戸田。草には、何か事件が起きたという覚えはない。ただ、水曜木曜とめずらしく二日連続で彼女が来店したことが印象に残っている程度だ。

店を開けた。小蔵屋の仕事納めのこの日も、追い立てられるような忙しさが待っていた。

年賀はもちろん、こんなに押し迫ってもまだ歳暮の注文が入る。購入した品物を忘れて帰る客を追いかけ、未着の商品について仕入れ先に問い合わせる。その間も何回か、草は防犯カメラのことを考えた。設置しておけばよかったかな、と。嫌な予感がするだけに、そう思わされる。

「防犯カメラ……ねえ」

独り言はコーヒーを淹れる湯気とともにどこかへ消え、草の耳に客の声が戻ってくる。

企業の多くは、すでに休みに入っていた。中年夫婦や、働き盛りの息子娘を連れた親の姿が少なくなく、試飲用の楕円のテーブルとカウンターは常に満席。コーヒー豆が売れ続けている。

糸屋の話を持ってきた常連は、二十代らしき女性に席を譲られた。和食器売場へ行く、髪の長いその女性を目で追う。

「いいねえ、年をとるってのは。忘れていても、年寄りだって周りが教えてくれる」

草がひっそり笑うと、常連は口をへの字にする。

「まだお草さんに買ってほしいってさ。例の家」

「なんですか、また」

草は仕事の手を止めない。カウンターから器を下げ、常連のためにコーヒーを用意する。選んだ器は、白漆(しろうるし)のフリーカップ。

「小蔵屋さんに買ってほしい。こう、所有者のヤザワさんが言うんだそうだよ。どうも彼、ほら、住んで管理している……」

「一ノ瀬さん」

「うん、その一ノ瀬さんから、お草さんについていろいろ聞き出したらしくてね。この小蔵屋のこととかさ。雑貨屋だったこの店を県北の古民家の古材を活かして改築して、しかも人が退職する年齢で商売を変えた。そりゃ、誰でも興味持つよ」

一ノ瀬にそういった話をしたのは、久実に決まっている。

草はてきとうに返事をして、常連にコーヒーを出した。

常連が器を持った途端に、あれっ、と言った。

白漆のこのフリーカップは、見た目がやきものにしか見えず、持ってみるとその軽さに驚かされ、木地(きじ)に漆塗りだと初めてわかる。ふくらみのあるやわらかな形、黄みを帯びた色合い、粗い刷毛目が素材にない重みを醸す。びっくりだ、漆器とは思わなかった、と言い出した常連の手元に、周囲からも視線が集まった。草が新年の目玉商品だと打ち明けると、今度はその視線がちらっと草に向けられた。

小蔵屋で漆器はめずらしいねえ、と常連。どこで作ってるんですか、と隣席の中年男性。話題を変えるにも、いい器だった。

表の「本日五時閉店」の貼り紙が少しずつ客を引かせ、日暮れには五人ほどになった。

会計カウンターに、痩身の若い男が立っていた。佐野元だった。ここ何回か、母親の百合子ではなく、彼が豆を買いに来ている。

久実が見当たらないので、草は洗い物を中断して出ていった。コーヒー豆の注文に応じる。

佐野元は黒の上下の普段着に、焦げ茶色のコート。そのせいか、ホクロの多い顔が一段と青白く見える。佐野教授は若い頃こんなふうだったのだろうという風貌。本の虫で外遊びは好まない、そんな子供時代を想像させる。その子が大人になって、どんな恋愛をしたのだろう。苦すぎる恋は、深い傷になる。草自身、問題の多かった恋愛の末に子供を亡くした。職場にいづらくなり疲れ切るほどの恋愛を、何でも経験だなどと軽々には言えない。言うとしたら、そうでもしなければしかたないからだ。

佐野元が豆を受け取り、会釈して帰ってゆく。

少し前に入ってきて戸口に立っていた一ノ瀬と肩がぶつかり、ごめんなさい、と頭を下げる。よろけたのだった。声が震えるように小さい。

草は戸口まで行き、とう、のところが跳ねて高くなる、独特のありがとうございましたを言って送り出した。店を出た佐野元は、足どりがしっかりして大丈夫そうだった。店前の駐車場から自宅の方へ消えていく。

草は一ノ瀬に向き直り、これから仕事かとたずねた。一ノ瀬がうなずく。

「久実ちゃんなら、奥だと思うわ。どうぞ」

「今、おれを見て逃げませんでした？」

「久実ちゃんが？　そんな……」

馬鹿馬鹿しく思い、草は笑った。

「いや、逃げた」

一ノ瀬の声は大きくなくても、よく通る。数人いる客のうち、中年女性の二人連れが木製の陳列棚の向こうから一ノ瀬を見た。興味津々の表情だ。カウンターで試飲している客も、背中でこちらを意識している様子。

束の間、草は考えた。彼の言うとおりだとしたら、思い当たる節がなくもなかった。ここはおせっかい婆さんになることにする。

「梅の一富」

草の小声に、一ノ瀬が目を見開いた。

「人から聞かされたら、ちょっと気分が悪かないかしら」

一ノ瀬が大きく頭をかき、天井を仰ぐ。耳の出る長さで整えられていた髪が、あっという間にくしゃくしゃになった。

「あとね、もしかしたらクリスマス。おれはキリスト教徒じゃないから働く、ってのはなかったかもねえ。まっ、これはあくまで憶測」

一ノ瀬がむっとして、それは、と反論しかけたが、結局、黙ってしまった。

気配を感じて、草は千本格子の方を見た。スニーカーの白いつま先が見えていた。顔を戻すと、一ノ瀬も唇を引き結んで千本格子の方を見ており、息を一つ吐いて、出直します、と帰っていった。

久実が最近つけているのと同じ、控えめで中性的な香りが、店先に微かに残った。

その晩の女三人の退院祝い兼忘年会は、にぎやかでプレゼント交換まであり、遅いクリスマスみたいでもあった。

由紀乃からは緑の美しいボトルで高保湿のボディーローション——娘の使いかけを入

院中にもらって気に入ったという——、草からは小さな工房で作られた組紐のグローブホルダー——片手でも扱いやすく、バッグに手袋を吊り下げる本来の使い方の他に、ブレスレットにもスカーフ留めにもなる——、久実からは、パーティー用のキラキラした三角帽子と、最近あまり見かけなくなったポラロイド写真。

久実の家で忘れられていたポラロイドカメラに向かい、代わるがわる笑みを浮かべ、あるいはシャッターを押し、あかんべえみたいにカメラ本体から出てくる四角い紙のようなフィルムに、だんだん画像が浮かび上がってくるのを待つ。顔を寄せあって、ああだこうだ言いながら。撮ったその場で写真ができ上がるなんて、昔は魔法のように思ったものだった。懐かしいし、科学実験でもするような面白さがある。草の手元には、写真が二枚。一枚は由紀乃と並んで、もう一枚は肩に手をかけた久実が後ろに。由紀乃は自分の膝に折りたたんだ膝掛けやクッションを重ね置きしてカメラを据え、不自由な左手も使って、実に慎重にシャッターを切った。写真にクッションの一部が入ったり、少し傾いたりしたが、そこに由紀乃の熱心なカメラマンぶりが写り込んでいる。

数分で現像される一瞬の光景は、三十年、四十年のうちに徐々に褪色してゆく。色あせたこの写真を、由紀乃も自分も見ることはない。そう思うと、期限つきの人生に安らぎを感じる一方、胸をつねられるような切なさを覚えもする。

この晩、草が店に来た一ノ瀬のことを耳打ちしたものだから、由紀乃は一ノ瀬の話を持ち出さなかった。久実も彼を話題にしなかった。草は午後由紀乃の息子からの電話で、退院後の様子を報告し、今後を頼まれる間、一人暮らしを続けさせて大丈夫だろうかという肉親なら当然の不安をひしひしと感じとったのだったが、電話があったことすら口にしなかった。あれだけおしゃべりしたのに、話さなかったこと、話せなかったことのほうが、ずっと多かったのかもしれない。

注連縄（しめなわ）、門松、鏡餅。

緑の美しいボトルのボディーローション、キラキラの三角帽子、ポラロイド写真。

年の瀬に、草はそれらを飾る。

由紀乃が大晦日に娘家族を迎えて何日か一緒に過ごすので、草は一人の年末年始になる。由紀乃に年越し蕎麦や屠蘇（とそ）祝いに誘われたが、こまごまするることがあるからと断った。ずっと時間に追われていたので、一人の時間も恋しい。

残っていた掃除や帳簿づけなどを済ませ、砂糖商から遅れて届いた荷物を開ける。

中身は、コーヒー豆に似せた色と形の砂糖だ。天然の砂糖の色。一粒が大体角砂糖一粒分。実用的で媚びないかわいらしさがある。透明な細長い袋に行儀よく並んでいる様も愛らしい。秋口からいろいろと交渉するうちに、年寄りの経営する小蔵屋を担当者が面白がってくれるようになった。思ったほど安くはならなかったが、ここにパソコンで作った小蔵屋のロゴシールを貼りつければ、年明けに買い物をしてくれた客へ手渡す楽しいおまけになりそうだ。

「内職だわね。シール、久実ちゃんに作っておいてもらってよかったわ」

日の当たる縁側へ小机がわりに踏み台を持ち出し、台紙からシールをはがしては、砂糖の袋に貼りつける。右端に一粒半見えるよう斜めに、少し巻きつけかげんに。薄く先の鋭い竹製のバターナイフを使うとシールのはがし貼りが楽だと思い出し、台所を往復する。部屋には、けんちん汁や旨煮(うまに)のにおい。時々、後ろの炬燵に父や母がいるような、妹が隣に寄ってきたり、表から兄が帰ってきたりしそうな気がしてくる。気配として感じる家族の年齢がおかしかった。両親は自分とさして変わらない年寄り、妹は子供のまんま、兄は詰め襟。

ふと顔を上げると、どこからかやって来た白っぽい猫と目があった。時々見かける猫だった。かわいいけれど、かわいがれば敷地をトイレがわりにされる。追い払おうとガラス戸を開けると、猫のほうが察してとことこと庭を出ていった。

暮れらしい寒さ。鳩の鳴き声。セキレイらしき腹の白い小鳥が二羽、庭木の枝から枝へと跳ねるように飛び回る。風が時折強くなり、空気は相変わらず乾燥している。午前中に水をまいた庭は、すっかり乾いてしまった。

戸を閉めれば、部屋はあたたかく、寒さはガラスの向こう側。一人でこうして過ごしていると、心がふっくら満たされてくる。一人を嫌がらない不思議な子だね、と母に言われたことを草は思い出す。

年が明けて最初に会った人は、なぜか一ノ瀬だった。

元日の午後、草が町中の神社で初詣を済ませて鳥居から出たところに、一ノ瀬が歩道を右から歩いてきたのだった。あら、どうも、と顔を見合せ、新年の挨拶を交わす。彼の挨拶はいつも言葉が明瞭で自然だ。一ノ瀬は郵便局の本局から歩いてきたらしく、真新しい年賀状を何枚か持っていた。

「焼き芋、いかがですか」

新年の挨拶のあとに唐突だった。

草は気が向いて、そこの催し物を覗くつもりでいた。草が躊躇する間に、一ノ瀬は横断歩道を歩き始めていた。行き交う人の中で振り返り、草を待つ。長いこと青信号だったので、もう点滅し始めそうだった。草は人の流れからも横断歩道からも外れて、最短距離で二車線の道路を渡った。途中から信号が点滅し始めたが、一ノ瀬が草を見守るようにして、あとから横断歩道上をゆっくり歩いてきた。

「本局でお見かけしました。外の階段のところで」

「すれ違った？　何枚か、年賀状の返事を出したの」

神社の方へ行く様子を見て待っていたのかもしれない、と草は想像した。久実のことで話でもあるのだろうか。

「焼き芋は、そこの出店？」

「うちです」

「久実ちゃんに会った？」

「いえ、このところ予定が合わなくて」

正月は実家に帰らないのかな、と草は思ったが、余計なことに感じてたずねなかった。糸屋まで、しばらくゑびす通りを歩く。普段はただの道路に過ぎないが、神社の古くからの参道にあたる。

そう広くない道に出店が並び、人がひしめく。この風景は、昔の正月とさほど変わらない。長い電線にずらっと下がる裸電球、バナナの叩き売りの口上が消え、目にうるさいほどの赤や黄色の屋台暖簾、色とりどりの綿飴や軽快な音楽になったくらいなものだ。わずかな賽銭に今年一年の願いを託した陽気な顔、呑気な顔、渋い顔。草は人ごみの中に、着物姿の父や、ふいに振り返る妹の姿を見る。

一ノ瀬は酒蔵の出店の前で、彼の顔の高さにある甘酒の四角い旗を指差した。草がうなずくと、紙コップに入った甘酒を二つ注文する。草が財布を出そうとするのを、ぱっと手を出して断る。

目と鼻の先に、出店に埋もれるようにして寺の小さな入口があった。

草が寄ろうかと思っていた寺だ。横手にも入口があったのだった。

入口脇の黄緑色のポスターに佐野教授の名前が出ている。佐野教授、小紋作家、大道芸人によるトークイベント。テーマは「面白く稼ぐ」。大道芸あります、無料、とある。紅雲町内で見たポスターと同じだった。小紋作家も草の知人。大道芸につられて入ってゆく子供連れと一緒に、草は境内へ入ってみた。甘酒を買った一ノ瀬も、あとからやって来る。

　会場は屋外。人だかりができており、草が近づくと大きな拍手が起きた。子供の多い場所から人垣の中央を覗くと、大きな輪っかに大の字になってはまった男が、車輪のように自由自在に回転する様子が見えた。体操選手のような、ぴたっとした衣装。金属製の管を丸めたような輪の直径は人の背丈ほど、均整のとれた体つきの男は両手あるいは片手でつかんだり、両足をあるいは片足をつっぱったり引っかけたりして、器用に複雑に、倒れることなく回り続けている。まるで支えがあるみたいにきれいな丸い軌跡を描いて移動したかと思うと、時にその場でクルクルと独楽(こま)みたいに回転する。輪が倒れきる寸前の角度になっても、這うような姿勢でバランスを取って動き回ってハラハラさせ、またもとの安定した体勢に戻り、わーっ、と今度は感嘆の声を誘う。

すごいわね、やるなあ、と口々に言って一ノ瀬と二人で顔を見合せ、甘酒で手がふさがっている彼の分も草が拍手をする。

　本堂の手前右にある休憩所のような建物が、出演者三人の並ぶ舞台に仕立ててあり、椅子が一つ空いていた。人垣は、その建物を端にした蹄鉄(ていてつ)形になっている。演技を終えてお辞儀をした大道芸人は拍手喝采を受け、自分の椅子へ戻ってゆく。縁台のような長椅子に座っている観客を、その何倍もの立ち見客が取り囲んでいた。

　人を楽しませ、自分も楽しむ。人を富ませ、自分も富む。

　これまでのまとめなのか、マイクを持った佐野教授のそんな言葉からトークの続きが始まった。張りのある声だ。百合子の手首にあった生々しい青痣。先日の夕飯時の、車にいた百合子の姿、青い屋根の平屋のそれまで暗かった部屋についた明かり。それらは、もう遠いことになったのかもしれない。

作務衣姿の小紋作家も、頑丈そうな身体に艶のいい顔をして元気そうだ。草の姿に気づいた小紋作家に遠くから会釈し、行きましょうか、と一ノ瀬に声をかけ、会場をあとにする。

「もう、いいんですか」

「いいの。気が済んだわ」

ゑびす通りに戻り、道を一本越えると出店はなくなって、もう糸屋だった。

また来るとは思わなかった糸屋の砂利敷きの敷地に、草は足を踏み入れる。

奥の木製の柵はきれいに塗り直されて門扉が取り付けられ、庭の様子もどことなく整い、前回よりも人の息づかいが感じられる。庭の塀沿いには、ブロックをコの字に積んで火をおこした形跡があり、きけば年末にいつかの子供たちとその親も集まって飯盒炊爨をしたという。

ガラッと二階のガラス戸が開いた。

草が身体ごと向き直ると縁側に黒縁眼鏡の女がいて、まだいたのか、と一ノ瀬が言った。軽く怒気を含んでいる。女は黙って一ノ瀬をじっと見た。いや、にらんでいる。一ノ瀬より年上だろうか。女の後ろに、女の子が現れた。小学五、六年生くらいだろうが、ちょっと大人っぽい雰囲気がある。

「今帰るとこ」

女の子が澄んだ声で答え、沓脱ぎ石に置いてあった黒いぺたんこの靴を履く。女のほうは、玄関から出てきた。何か届けたのか、たたんだ紙袋を小脇に抱えている。

「ねえ、ママ。出店に寄りたい」

二人とも髪を無造作に一つ縛りにして、太い縁の眼鏡をかけ、ジーンズとセーター。女の子は、母親のミニチュア版のよう。白い首筋やぷっくりとした唇に、清潔な色気を漂わせているところさえ似ている。女の子は小走りに行って母親の腕をとり、女は草と会釈を交わして、鉄製の門扉の狭い道から出ていった。動きに何の迷いもなかった。何回となく糸屋を訪ねたことがあるのだろう。昨日今日の間柄ではなさそうだ。

「一人で帰りたくなかった？」

一ノ瀬が降参したようにうなずき、久実に話さなきゃいけないことがありすぎて、と言った。

草が何歩かガラス戸に近づくと、磨き上げられた寄木の床と、ローテーブルに置かれた二段重、おそらく焼き芋が入っているのだろう紙袋が見えた。一ノ瀬の居場所は、帰っていった女の居場所でもあった。そんな様子だ。

「男女の関係が続いてるの？」

「それは終わったと思っています」

無責任な言いぐさにも聞こえる。

「それは終わったって……まさか、あの女の子はあなたの娘さんじゃ……ああ、ごめんなさい。そんなわけないわね。学生の時の子になっちゃうものね」

「弟の娘なんです。一つ違いの」

寒風が庭木を揺らした。

一体、何を言っているのか。草があきれて見上げた糸屋のベージュ色の外壁に、庭の裸木に寄生した宿り木の、丸い影がふわふわしている。

中へどうぞ、ちゃんとお話しします、と言われたが、草は紙コップを彼の手から奪い、すっかりぬるくなった甘酒を一息に飲んで、帰る、と言った。言ったその時には、紙コップを突き返し、来た方へ歩きだしていた。

「この間言ったわよね。人から聞かされたら、ちょっと気分が悪かないかしらって。伝書鳩になるのなんて、ごめんだわ。直接久実ちゃんに話して」

顎をしたたる冷たいものに気づき、手で拭う。

見れば、和装コートにも甘酒の染みがたれていた。ポケットからハンカチを出したが、何回拭いたところできれいになり切るはずもない。今になって手が震えた。久実をぞんざいに扱われたようで腹立たしかった。

謎男。

一ノ瀬の学生時代のあだ名を、草はあとになって思い出した。日記というほどでもない、日々のことを書き留めた手帳にそんな言葉があったのだった。

期待を持ちすぎたのだと反省した。

三十男に、女の一人や二人いなかったほうがどうかしている。弟が十代で親になる可能性もなくはない。弟との間に子をなした女と恋愛関係になり、すっきり別れられない場合だってあるはずだ。

普段ならそんなふうに考えられるだろうが、あの久実の相手だと思うと、どうも変に期待をかけてしまう。

一ノ瀬自身も、相手がまっすぐな久実だから直接話しにくいのかもしれなかった。隠すつもりがない上に、非難覚悟で、ああして小蔵屋の店主をわざわざ糸屋へ連れていったのだ。それが久実とのことを真剣に考えている証拠とも言えそうで、話し相手にならなかったことが少々悔やまれた。といって、恋愛はやはり当人同士。年寄りの出る幕ではない。

初売りは、明日三日。仕事のことを考えていたつもりが、どうも他へ気がいってしまう。

防犯カメラのカタログと見積書を、草は事務所の机の上に置いた。以前、検討してそのままになっていた。

「だいぶ安くはなったけど」

店前の駐車場の工事費、年末年始の仕入れと、このところ費用がかさんだ。売り上げには波があり、売れない日を売れる日で補って黒字を保っているだけで、右肩上がりというわけではない。それに自分や客を見つめる冷やかな防犯カメラを思うと、ため息が出てしまう。実際のところ、金銭より店そのもののあり方なのだった。いざという時によその防犯カメラをあてにする気持ちがありながら、自分のところに設置するとなると、どうも息苦しい。これまで居心地のよい空間をずっと心がけてきた小蔵屋なのに、それはないだろうと思ってしまう。

「ただねえ、大変なことが起きてからじゃ……」

暮れに訪ねてきた警察が思い出された。

小蔵屋が休みに入ってすぐのこと、私服の警察官が二人、裏手の住まいの玄関先に現れ、平緒里江について聞いていった。彼女は週に一、二回コーヒー豆を買い求める常連で、久実が三日間続けて休んだ初日、木曜の閉店間際に来店したのが最後であること。別に何かあったわけではないが、二日連続で来たのはめずらしいので記憶に残っていたこと。年末最後の営業日に、防犯カメラがあるかどうか彼女が電話で問い合わせてきたことなどを、この備忘録をもとに草は答えた。何があったのかたずねてみたが、警察が答えるはずもなく、まだ事件かどうかもわかりませんので、という返事だった。以来、地元紙にもこれといった記事はなく、それが安心材料になっていた。

しんとした店に、固定電話が鳴り響いた。

明日三日の初売りを伝える録音案内が流れて電話が切れ、次に草の携帯電話が鳴り始めた。

近所の幸子からだ。前に、草のことで久実を泣くほど悔しがらせた人物。草は少々身構える。幸子の氏名が表示されている携帯電話の画面を老眼鏡越しに見つめ、何の用だろうと考えた。第二駐車場の更新はまだ先のはずだが、都合で貸せなくなり次回の更新はできないという話でもなければいいが。

「ああ、出た出た、よかった」

一瞬、草は言葉に詰まった。

「お待たせして。明けまして……」

「お草さん、警察なのよ」

「え？」

新年の挨拶は吹き飛んだ。これから警察が第二駐車場で現場検証を行う、ついては貸し主・借り主に立ち会いをお願いしたいというのだと話が続く。

草は真っ先に、平緒里江を思い浮かべた。

「何があったっていうんですか」

どうもね、と幸子の声がくぐもる。手で口元を抑えたようだ。

「傷害事件だって。だけど、女性が乱暴されたみたい。警察が私に言ったわけじゃないわよ。でも、聞こえちゃって。レイプって、強姦のことでしょ」

声を抑えたわりに好奇心が隠せず、若干、楽しそうに聞こえる。

「被害者の女の人も外にいるんだけど、それがきれいな……ほら、なんて言ったっけ。アイドルだった、ええっと、ほら、下の名前だけの……」

強風が店のガラス戸をがたつかせる。建物の中ほどにある事務所にいても響いてくる。

——お店に防犯カメラがありますか。

机の上のカタログと見積書に、草は手を置いた。遅かった、と頭の中で声がした。電話を切り、着物の上に和装コートとストールを羽織り、火の元と戸締りを確認して第二駐車場へ急ぐ。遅かった、遅かった、という声が何回も草を責めた。


現場検証は、あまり時間はかからなかった。

令状がなく、任意。平緒里江と警察関係者が一つ一つ確かめるように話したり、写真を撮ったりするところを、草は幸子と第二駐車場の出入口から遠目に見た。砂利敷きに黒と黄色のトラロープで示された枠には関係者の車両しかなかった。

緒里江が指差したのは、左右に振り分けられて十六台分あるうちの、右奥から二つめの枠。彼女のシャンパン色の軽自動車がその手前の三枠目に駐車してあり、それが壁になって、彼らの姿は時々見えにくくなった。

彼女の訴える犯行は、昨年十二月の第四木曜の午後八時頃。緒里江は当日も同じ場所に軽自動車を駐車し、その陰で強姦された。犯人の男は一人、しかも顔見知り。顔見知りでも同意がなく襲えば犯罪だ。目撃者はいない。傷害事件というのみで警察関係者の口はかたかったが、彼らから受ける質問、現場検証の様子と漏れ聞こえる言葉、事前の幸子との電話から、事件のあらましが推測できた。警察から、さほど熱心さは感じられなかった。多忙なせいか、犯行から何日も経ってしまい現場に意味が感じられないためか、理由は定かでない。

奥のブロック塀の向こう側は、月極め駐車場。アスファルトに白線という違いこそあれ、第二駐車場同様、野ざらし無人。左側は空き家。右側は耳が遠く杖が必要な一人暮らしの老人宅。道路を挟んだ真向かいは広い住宅の生垣、生垣を挟んで大きな物置。小蔵屋はここから歩いて一分弱、貸し主の幸子宅は逆方向でもう少し距離がある。バス通りから外れており、車や人通りもまばら。あらためて見てみると、住宅街でありながら人目の少ない場所だった。

デリケートな事件なのに、女性の警察官がいなかった。やだわ、とそのことに幸子が口を尖らせた。もともと警察官の女性が少ない上に人手が足りないのかもしれないが、被害者はずいぶん話しにくいことだろうと思い、草もうなずいた。

その直後、恰幅のいい警察官が緒里江にある言葉を投げかけ、あわてて声をひそめるはめになった。草は幸子と顔を見合わせた。

「サノハアルキデ――」

佐野は歩きで。

草の耳には、そのように聞こえた。幸子も、

「佐野だって。その辺のアパートにでもいる男かしら」

と、つぶやいた。

いろいろな佐野がいるものだと、草は思った。

その間、緒里江は自分の車の屋根越しに、草と幸子を見ていた。能面のように感情のない顔だった。

第二駐車場での検証が終了し、お騒がせしてすみません、と頭を下げた緒里江は、その足でまた警察へ来るよう言われたが、腹の調子がよくないと訴え、あとで警察に出向くと約束した。草が小蔵屋で休んではどうかと勧めると、緒里江は車に草を乗せた。

何回かトイレを往復した緒里江は、炬燵に足を入れて横になっている。

広くきれいな額は、透きとおるように青白い。

手や顔に複数の擦り傷がある。顎先の分厚いかさぶたが一番痛そうだ。だが、グレーの徳利セーターやジーンズの下はもっとひどいのかもしれなかった。艶の薄れた長い髪、かさついた肌、化粧では隠しきれない目の隈。心身ともに疲弊し、眠れない夜が続いているのだろう。

敗戦後間もない町の廃屋から、ブラウスの前を合わせてぼろ雑巾のようになって出てきたマナコという女を、草は思い出した。先に出ていった酔っぱらい二人は、ズボンのチャックを上げたりシャツを腹に入れたりしながら、夜の町に消えていったのだった。

マナコはおかっぱ頭にこぼれ落ちそうな大きな目をした女で――だから、マナコというのもあだ名だったと思う――草の夫となる男が率いる芸術家集団の一人と交際していたが、その晩を境に姿を消した。あの時の、こちらに向いた無表情なマナコの顔がおぼろげに青白く浮かんでくる。あまりの出来事に、感情の回路が切れた人間の顔だった。

草が枕をあてがって毛布をかけ、背中のほうをとんとんと叩いて隙間をなくしてやると、緒里江は猫のように身体を丸めた。

「お雑煮、食べてみる？」

食べられないかと草は思ったが、緒里江が意外にもうなずく。毛布の縁から覗く奥二重の切れ長な目は、どこを見ているのかはっきりしない。

「じゃ、ちょっと待っててね」

すまし汁に四角い餅、三つ葉や人参などの野菜、かまぼこ、鶏肉が関東の雑煮だが、今年草は一口大にした鯛の切り身を焼き、汁に漬からないよう他の具の上に盛りつけ、いただきものの国産胡桃(くるみ)をすりつぶして作る手製の胡桃だれをかけてみた。以前、仕入れの旅先の信州で出会った味で、たまに思い出して取り入れる。芳ばしく、今回もなかなかの出来。防犯カメラがなくてごめんなさいね、と謝ったところで自分の気が多少軽くなるだけ。台所に立って、何か一つでも具体的に働くほうが、ずっとましに思える。

昼の残りがあるので、焼いた鯛を軽くあぶり直す。

食前食間服用の胃腸薬を先に飲ませ、ぽってりとした朱塗りの椀の雑煮を盆に載せて運ぶ。午後三時。おやつ時の食事になった。起きた緒里江は、最初見慣れない雑煮にためらっていたが、すまし汁を啜って、はーっ、と息を吐いた時にはおいしいという表情になり、胡桃だれを箸の先につけてなめた。

「何ですか、これ」

味をほめているらしい。やや感嘆符つきに聞こえる。横顔の緒里江の口元で、餅が伸びる。

「前にね、信州で見つけた味。かなり自己流だけど」

「初めてです。ほんと、おいしい」

目の周囲が固まったような彼女の表情は変わらないが、箸は止まらない。

「何も食べてなかったんじゃない？」

「あったかいものは久し振りです。それに、お雑煮なんて何年ぶりかな。市内なのに、帰ってなくて」

「ご家族と会ってないの？」

「私が帰ると、十度くらい家の温度が下がるんです」

芸能活動が家族の意にそわなかったのか、それとも他の理由で折り合いが悪いのか。草は思うだけできかなかったが、緒里江は続ける。

「うちは目立たないことが何より大切で。いいことでも、悪いことでも」

草は熱いほうじ茶を二つの湯呑みに注ぐ。湯気が顔の辺りを幾分あたたかくする。緒里江の頬に赤みがさしてきた。

「身体のほうは、どう？」

胃腸が落ち着いたか。暴力を受けた身体は大丈夫か。どうとってもいいように、草はたずねた。

「妊娠はしていませんでした」

意外な返事に、草はどきりとした。もう強姦事件だと知っていますよね、という目に見つめられ、返事に窮した。

「いいんです。何もきかれないから、きっとご存じなんだと思っていました」

「ごめんなさい。いろいろ聞こえて」

「ほんと、いいんです。私は佐野元にレイプされた。隠す気はありません」

「佐野元……？」

口にしたものの、最初それは意味のない音の羅列のようにしか思えなかった。

――サノハアルキデ。

佐野は歩きで。あの佐野が、佐野元？　佐野教授の息子の？

草の顔を見つめていた緒里江の瞳に、暗い光がよぎった。

「やっぱり、そうなんですね。佐野は歩きで、と警察が口を滑らせても、近所の佐野教授の息子だとは思わない」

「まさか、そんな……」

緒里江が微笑む。口元に反して、切れ長の目が笑っていない。

「そう、それ。みんな……警察だってそうなんです。佐野教授の息子が、まさかって」

緒里江がほうじ茶を啜る。ある種ふてぶてしく映る。

炬燵に丸まっていた弱々しさが嘘のようだ。

「自転車は盗られるほうが悪いってこともある。ちゃんと鍵かけたか？　乗ってくださいってシチュエーションじゃなかったか？　高校時代は同級生の彼にあこがれてたわけだし、うん？……まったく、なんて言いぐさなの」

彼女と佐野元は、高校時代の同級生だった。

緒里江が舌打ちをし、また箸を持つ。まっすぐ前を見ており、炬燵の角を挟んで座っている草をもう見ていない。

「警察に届けたのは一週間後。お風呂に入って、下着や服は全部ごみに出しちゃって、目撃者もゼロ。証拠といったら、誰と会うかあの夜タカミに教えたケータイのメール、中一日置いて医者に診せた身体の傷くらい。だけど、妊娠はしてなかった。ほんと、ラッキー」

ラッキーという一言が、不安定に揺れる。

緒里江の横顔の向こう、縁側のガラス戸に黒っぽいものが当たり、ひどい音を立てた。鳩らしき鳥で、ずるっとガラスの向こうを滑り落ちそうになり、またバサバサともがくように羽ばたいて飛翔する。颪（おろし）に低い庭木がなびいている。鳥にも強風にも、緒里江は反応しない。

「逆だったら……加害者が冴えない元アイドルで、被害者が立派な大学教授の娘だったら、とっくに逮捕状が出てるはずなのに」

誰にともなく話し続け、残さず食べ終えた彼女は、虚空を見つめ、何かに誓うかのように言った。

「私、負けない。恥ずかしいことなんて、なんにもしてないもの」

颪は夜も吹き荒れ、気味の悪い音を立てた。草は目覚めるたびに、風の音すら届かない世界で暗闇をじっと見つめている緒里江を思った。


翌三日の初売りには、風が穏やかになり、多くの客が小蔵屋に押し寄せた。

営業時間はいつもより短く午前十一時から午後五時まで、その上まだ正月休みとあって、時々三和土が見えないほどの混雑になる。そろそろ洋食が恋しくなり、コーヒーの香りに誘われる時期なのだろう。豆の新春増量キャンペーンが好評で、おまけのコーヒー豆形砂糖に、かわいい、へえーっ、とうれしい反応が繰り返される。

「由紀乃さん、そんなわけでね、今日はバタンキューだと思うの。休み明けで、身体も慣れてないし。だから、また」

「わかったわ。それじゃ、夕食はまた今度。がんばってね」

新年の挨拶を兼ねた由紀乃からの電話も、すぐに切ることになった。

今朝、由紀乃の娘は名古屋へ帰り、開店前の小蔵屋で挨拶していった。コーヒー豆のセットをいくつか買い求め、例の豆形砂糖を草が多めにサービスすると、じゃあ箱ごとに分けて入れてもらえますか、セットで販売したらいいのに、と喜んでくれた。

久実も出勤時に豆形砂糖を見て、かわいい、を連発し、小蔵屋のシール貼りお疲れさまでした、と草をねぎらい、潑剌としている。白いシャツブラウスのたっぷりしたボウタイを首に高く巻きつけて華やかに結び、黒いセーターとパンツ。腰下膝丈の新品の茶色いエプロンをつけると今ふうで、久実らしいあらたまった感じが出ている。

「よっ、豆店長！」

運送屋の寺田が新年の挨拶もそこそこに、久実を冷やかす。草は荷物を確認し、寺田が持っている伝票に押印する。

「着物を着せたいと思ったけど、久実ちゃん流スタイルもなかなかでしょ」

「まぶしいよ。なんだか、きれいになっちゃって」

会計カウンターで忙しく働く久実を、寺田が腰を伸ばして本当にまぶしそうに眺める。

確かに、恋は久実をきれいにした。

今朝、開店前の軽い食事の際に、久実は言った。

――公介から聞きました。伝書鳩になるのなんかごめんだわ、って言ってくださったそうですね。うれしかったです。

それで直接会ったと言い、久実はこう話を続けた。

一ノ瀬の弟は、大学一年の夏に、県北西部にある平凡な山で死んだ。その頃、登山に夢中の兄についていって途中で別れ、カメラ片手に旅することが多かった。その日も、頂上を目指す、当時大学二年だった一ノ瀬と麓で別れ、恋人とハイキングを楽しんだ。だが道に迷い、沢に一人で転落。運悪く頭部を強打し死亡した。弟の恋人は五つ年上の理容師。葬儀後、妊娠に気づいた。関係者は、ことに末っ子の交際相手について何も知らなかった一ノ瀬家は揺れに揺れた。おまえがついていながらと家族から責められた一ノ瀬は、両親に孫だと認めさせるのに二年、養育費を引き出すのにさらに三年かかった。亡弟とその子供を間に置いて、年上の理容師とは同志とも、恋人とも、親族ともつかない関係を続けてきた。ただ昨年夏にプロポーズを受け、はっきり断ったという。常に亡弟の存在を意識せざるを得ない関係に、一ノ瀬自身が窒息しそうだったらしい。

——愛情ありますよね。あと責任感も。偉いと思います。私が二十歳くらいの時なんて、スキーというか、自分のことしか考えてなかったですもん。

そう言った久実の、朝日の中の明るい横顔を、草はきれいだと思った。

初売りは六時間の営業の間に、短い休憩をとるだけ。正午から四時間手伝ってくれるアルバイトと三人で交代に休む。

アルバイトのあとに休憩した久実が事務所で固定電話をとり、草のところへ飛んできた。

「幸子さんからです。防犯カメラはだめなのよ、だそうです」

昨日、草は平緒里江を見送ってから、第二駐車場に防犯カメラを設置すると決め、所有者の幸子に承諾を得たばかりだった。

「かけ直すと伝えてちょうだい」

「何か、あったんですか」

今朝、一ノ瀬のことを聞いたら、平緒里江の事件について話す間がなかった。

「またあとで。とにかく、かけ直すと伝えてくれる?」

休憩に入った草は、事務所から電話をかけ直した。

すると、幸子が防犯カメラはあきらめてくれと言う。

「駐車場のお隣が反対だって。杖ついてお買い物してたから、防犯カメラのことを話しておいたのよ。そしたら、いつも監視されてると思うと落ち着かないって」

「いろいろすみませんね。でも、撮るのは駐車場内だけだし、あらためて私からも――」

「説明したわよ、そういうふうに。でも嫌だって。昔からあの人はっきりしてるでしょ。あれよ、事件のことだって伝えたのよ」

どこまで話したのか、草は心配になった。

「事件のことというと」

「やーだ。強姦だなんて言いやしないわ。女の人が傷害事件に遭ったって話しただけよ」

電話の向こうの声の大きさが気になる。

訪ねてゆくと、外まで幸子の電話が聞こえることがあった。

「それじゃ、あらためて私が説明に伺いま――」

「あっ、いいの。もめたくないじゃない、ご近所さんと。だから、防犯カメラはなし。よろしくお願いしますね」

「いえ、でも……」

電話は一方的に切られた。耳から離した受話器を、草はしばらく見つめた。

表情を失った平緒里江。

佐野教授。教授似の色白でホクロの多い佐野元。ここへ訪ねてきた佐野百合子。

彼らの顔が浮かんでは消える。高校の同級生だった二人の揉め事が、たまたま小蔵屋の駐車場で起きただけ。そう思えば、防犯カメラを無理して設置する必要はないのかもしれない。ただ、自分が就職の世話などして佐野元を呼び寄せた面もあると思うと、胸につかえるものがあった。

受話器をもとに戻し、倉庫へ入る。

古いポリバケツやビニールシートが重ねて置いてある隅に、茶色い紙袋が置いてある。昨日、緒里江に見せようかと思ったものだ。暮れに第二駐車場を掃除した時に拾ったショーツと靴下の片方が、ビニール袋と二重にして入れてある。何十年も前に会ったきりの、ぼろ雑巾のようにされたマナコが捨てさせなかったのだ。しかし、下着を含め衣類を全部処分したと緒里江から聞いたので、自分のものかどうか確認してもらう必要はなくなった。

「警察に……」

お草さーんすみませーん、御年賀のご相談なんですけどー、とアルバイトの呼ぶ声がした。草は売場へ急いだ。仕事以外のことを考えている場合ではなくなった。

例の豆形砂糖とコーヒー豆を一箱にした御年賀を五つすぐにほしいという客がいた。近くの主婦で、久し振りに県東部の町から来た妹だという人を連れており、妹の知人用に持たせたがっていた。

「この色、着色?」

「いいえ、きび砂糖そのものの色なんですよ」

「あら、ますますいいわ」

「ありがとうございます。でも、これは初売りのサービスで」

「かわいいもの、それだってかまわないわよ。お値段は適当に。お草さんにお任せします」

にこにこ、ぺこり。ふくよかな初老の姉妹が胸の前で手を合わせ、軽く頭を下げる。

交渉上手な主婦に負け、草は定番のセットの商品を一部豆形砂糖と交換し、相応の値段をつける。支払ったり草の手元を見たりしていた客の姉妹が、

「お砂糖は、大きな袋もいいわね」

「ファスナーつきの？」

「そうそう。沖縄の黒砂糖なんて、こういう形にならないのかしら」

「なるんじゃない？　お砂糖まで、深煎りから浅煎りの色があったら面白いわね」

と、おしゃべりを続けている。

そばで様子をうかがっていた客から、同様の注文が続く。八つ、七つ、また五つ。

「あのー、このお砂糖だけって売ってます？」

若い人からの問いかけに、草は面食らい、それはちょっと、と答えた。コーヒー豆と和食器の店で、砂糖だけ欲しがる客が現れるなんて考えもしなかった。

午後五時、早じまいして「とう」のところがぴょんと跳ねる独特のありがとうございました、で最後の客を見送った草は、

「何が、それはちょっと、なんだろ」

と、自分に言っていた。砂糖だけを売って何がいけないのだろう。

レジを締めていた久実が顔を上げた。

「どうしたんですか」

「ううん、独り言。久実ちゃん、お疲れさま。おかげさまで、余るの覚悟だったお砂糖があと一日二日でさばけそうだわ」

「千袋単位なんですもん、大変ですよね。あっ、そうだ、幸子さんが電話してきた防犯カメラというのは」

「ああ、そうだった。その話ね」

警察が来たことについて久実に何も話していなかったことを、草は思い出した。食べているだろうか、と平緒里江について考えた。熱々の雑煮を身体の中におさめてもなお、あの目のまわりが固まったような表情は変わらなかった。空になった朱塗りの椀が、えぐられた彼女の胸のように今は感じられる。

「時間が時間だし、夕食どう？」

久実が腹にたずねるかのように、自分の腹部をさする。

「はい、いただきます！」

「ちょっと豪華な、あり合わせ。鮑（あわび）、ローストビーフ、あとね、おせちに飽きたところで一晩寝かせた牛すね肉のシチュー。由紀乃さんとの夕食、断わらなかったら持っていったところなんだけれど」

由紀乃さんごめんなさい、と久実が由紀乃の家の方へにっこりする。

カウンターの陰にある豆形砂糖の箱を覗き込んだ。もう残りは半分以下。透明な細長い袋に、律儀に並ぶ豆形砂糖が愛らしく、微笑みかけてしまう。

まったく、売場で教えられることは多いのだった。

年始も定休日返上で営業した。

アルバイトを加えた態勢で、久実と草とがそれぞれ休みをとったあとの週末、一ノ瀬が朝早く小蔵屋に現れた。

「おはようございます。ちょっといいですか」

「おはよう。一体、なあに」

草は、久実のパジェロのような四輪駆動車に乗せられ、第二駐車場に降ろされた。

一ノ瀬は、工具や角材などが積んである車の後部から、ビデオカメラをひと回り大きくしたような機械を取り出した。

「ダミーの防犯カメラです。不要になったのを、もらってきました」

「ダミー?」

「なんちゃって防犯カメラです。実際には何も撮れませんが、見た目がそれっぽいから多少の犯罪抑止効果はあります」

あの照明のポール辺りに、と右奥の隅を一ノ瀬が指差す。取り付けに反対した独居老人宅に近い側だ。久実から話を聞いたのだろうが、前置きがないところが彼らしい。

平緒里江が傷害事件に遭ったこと、ここで任意の現場検証が行われたこと、防犯カメラがなくて小蔵屋が役に立たなかったこと、防犯カメラを隣家に嫌がられて設置をあきらめたこと、そこまでを草は久実に話してある。強姦事件、犯人と目されるのは佐野教授の息子とは、とても言えなかった。

「お隣に何か言われないかしら」

何か言われたところで、ごもっとも、と内心思うだろう。たとえ撮影していなくても、冷たいレンズが向けられる不快は消えない。街に隈なく防犯カメラを設置したところで、犯罪がなくなるわけでもない。

「言われたら、説明すればいいんです。おもちゃで何も写せない、でも内緒にしてくださいね、って」

「それもそうね」

草がうなずいた途端、もう一ノ瀬は工具がたくさん収納されているウエストポーチのようなものを腰に巻きつけ、折りたたみの梯子を担いだ。

「電気屋さんみたい」

一ノ瀬は明るく笑い、取り付けたら帰りますから、と言って作業に取りかかる。

「ありがとう。よろしくお願いしますね」

出勤してきた久実にも、草は礼を述べた。

「格好が堂に入ってて、電気屋さんみたいだったわ」

「ほんとに電気屋さんなんです。電気工事士の二種の資格を持ってて」

すごいわね、と草が感心すると、久実が微笑む。少々誇らしそうだ。

「あと糸屋の木のフェンスとかも、自分で修理しちゃったし」

そういえば、と草は思い出した。元日に行った折には木製の柵に扉がついて、きれいになっていたのだった。

「左官や造園のバイトもしていたらしくて。だから、けっこう壁とか塗れちゃうんですって。ツカちゃんのところの居間は、こう塗り跡を刷毛目みたいに残した土壁で」

久実が宙に、左官職人みたいな手つきで、下から上へと半円を描く。

「あれも公介が塗ったらしくて」

「あら。じゃ、もしかして彼より、彼が塗った壁に、先に会ってたの？」

顎に指先を当てきょろっと天井を見た久実が、あーそういうことになりますね、と言い、可笑しくなって二人で噴き出した。

週末になると、かえって店の混雑が落ち着いた。

常連が、店前の駐車場を三分の二ほど埋めている車を眺めてから、年始の挨拶をして入ってきた。昨年末、糸屋の話を持ってきた客である。あらたまった会合でもあるのかという背広姿だ。コーヒー豆を注文して、カウンター席に座る。草がカウンター内から試飲を勧めると、今日は時間がないから、と常連は断り、片肘をついて身を乗りだしてきた。

「警察が来たっていうんだ。新年早々会社のほうに」

低く、抑えた声だった。

深い皺に囲まれた冷静な目が、じっと草を見据える。

草はおおよそわかっているという意味で、軽くうなずいた。

「ここにも」

そうか、と言って、常連は姿勢を戻した。

「当人と会社、というわけだったが、就職の口をきいた以上、知らん顔もできなくてね。これから先方へ出向くんだ」

人の少ない土曜の会社で、関係者が会うらしい。

「お手数おかけして」

「いや、お草さんが気にしちゃいけない」

常連は、額の方から薄い髪をなでつけた。

「あの先生の息子だろう。そんなことあるかね」

どの程度まで知っているのか、渋い顔をする。

久実に話した程度のことは伝えておく責任があるように草は思ったが、他の客の手前、ここでは話せない。外へ出ようとすると、いいよ、と常連に押しとどめられた。

「後日にしよう」

常連は豆の支払いを済ませて出ていった。

佐野元。その名を口にしないでおくたびに、不安が増してゆく。

第三章　宿り木

大手ならわずかな何十万円のことだが、小蔵屋では無駄な在庫は抱えられない。

仮に、仕入れた砂糖の半分が売れ残ったとして、損失を補うためにコーヒー豆と和食器をどのくらい売る必要があるか、草は電卓を叩く。

「かといって、冒険しなきゃ、未来もないし」

年寄りのくせに未来だなんて、と自分でも可笑しくなって、ふっと笑う。

正月休みが終わり、世の中は通常の営みに戻った。

朝日の中、積もりそうにない雪がきらきら光り、砂糖のようだ。仕入れなさい、仕入れりゃいいじゃないの、と言われているようで、結局、草は横浜の砂糖商へ電話した。

余ったらキャンペーンの景品にすればいい、と決めた。

「なるほど、お客様のほうからリクエストが。それは手応えありですね」

思いがけない話を、中堅の担当者が喜んでくれる。草も発注に弾みがついた。

「少ない発注で申し訳ないようですけれど」

「いえ、ありがとうございます。今後、私どもからも何か新しいご提案ができないか、考えてみますので」

先方は、歴史のある砂糖商。時代にあわせて小麦や香辛料など手広く商ってきたが、縮小する砂糖部門を懸念して独自の商品を作り、食品メーカーの進物セットや冠婚葬祭の返礼品などとして全国規模で販売を展開している。取引先のほとんどが大手と聞いたが、経営者一族の若夫婦が創設したこの部署は、小蔵屋のような零細をぞんざいに扱わなかった。

草は、砂糖商の商品カタログを手にとった。東京のホテルのラウンジで見かけた豆形砂糖がほしくて、この砂糖商へたどりついた折に郵送されてきた商品カタログには、大きな文字でこうある。

「小舟が希望の便り」

いかにも一艘の小舟から商いを始め、もたらされる一袋の品や耳よりな話から事業を拡大してきた企業らしい文言を、草は声に出して読み、自分の店を重ねた。小蔵屋においても、客、器の作家や取引先、従業員の久実、運送屋の寺田や関係者すべてが小舟。希望の便りには違いない。

最初の客が赤い車に黒い愛犬を残し、白い息を吐いて入ってくる。

時々訪れる中年の主婦だった。やきものに見える、刷毛目を残した漆器のフリーカップを手にとり、その軽さにハッとして微笑む。家族の世話に追われた年末年始から解放され、一人の時間を楽しんでいる様子。次も一人客、その次はまだ若い三人連れと、続々主婦がやって来て、店内におしゃべりの花が咲く。

「犯人は、佐野元だってゆうの」

その話が出たのは、草が楕円のテーブルから試飲後の器を下げていた時だった。草は聞こえなかったふりをしようとしたが、話を聞いて口をぽかんと開けた主婦と目があってしまった。その主婦が、声大きいよ、と連れの二人を注意した。三人は三十歳前後、佐野元や平緒里江と同じくらいの年齢に見える。

声をひそめて、おしゃべりが続く。

それでも、平緒里江がとか、自分で言ってるんだってとかといった言葉が草の耳にも聞こえてきた。同級生の誰々からだと、携帯電話の画面のメッセージを見せてもいる。テーブルを他に三組の客が囲み、カウンターには二人連れがいる。あまりしゃべらなくなった。佐野元と平緒里江の噂に気がいっているように映る。

草はCDのピアノ曲の音量を上げた。

久実も噂話を聞いているのだろうが、こちらに背を向けて、コーヒー豆のケースを磨いている。

三人連れの主婦によれば、平緒里江が佐野元に襲われたと自分で言っており、その件は同級生を通じて広まっている、という話になる。

昼休みに、草はこの件を手帳に書き留めた。

雑煮を食べていった日の緒里江についても、記してある。

あの時の緒里江の言葉を整理すれば、事件はこうなる。

高校時代にあこがれていた同級生の佐野元と待ち合わせ、小蔵屋の第二駐車場で強姦されてしまった。警察は、同意の上だった可能性も視野に捜査中。逮捕状が出るまでには至っていない。入浴してしまい、衣類は廃棄、目撃者もなし。証拠といえるのは、誰と会うかを友人に教えた事件当夜のメール、それから中一日置いて医者に診せた身体の傷のみ。

――私、負けない。恥ずかしいことなんて、なんにもしてないもの。

緒里江の横顔が浮かぶ。

あの日、虚空を見つめて、何かに誓うように言ったのだった。空になった、ぽってりとした朱塗りの椀。残った汁気、うっすら光る油。思い返せば、血肉をえぐられた胸のように生々しい。

他の傷害事件や殺人事件同様、事を公にすれば、なかったことにはならない。そう考えて、自ら周囲に話し始めたのだろうか。しかし、これでは傷だらけの身体を人前にさらすようなものだ。

「せめて、事件直後に病院へ駆け込んでいたら……」

だが、草はそう言ったそばから考え直した。第三者だから、こんな冷静なことを言っていられるのだ。おかっぱ頭のマナコも事件直後、助けを求めなかった。友人二人が目の前にいるのに、表情一つ変えず、気づかなかったみたいに通りすぎ、この街から姿を消した。汚された。悔しい。忘れたい。なかったことにしてしまいたい。ううん、何もなかった。凌辱された当事者がショックのあまりそんなふうに考え、加害者に有利になる行動をとったとしても、責められない。結局は、自分を守るためなのだ。

午後三時を過ぎると、客がいなくなった。

昼過ぎからまた雪が降り始め、今度は辺りが白くなってきた。草はガラス戸を開けた。

「空がうっすら赤い。こうなると積もりそうね」

「天気予報と違いますね」

久実は流しで洗い物をしている。

草は店の片隅から、傘置きにしている陶器の壺の縁を持って斜めに倒し、ころころと回転させて戸口まで移動、さらに持ち上げて敷居の向こうの軒下へ出す。大道芸人が全身で操(あやつ)っていた、大きな輪を思い出した。元日のあのトークイベントには、佐野教授の姿もあったのだった。

草は腰を伸ばして、半幅帯の結び目の、やの字を叩いて向き直った。

「だいぶ広まっちゃったわね。緒里江さんの事件」

「あっ、ああ!」

器の割れる音が響いた。久実が器を落としたのだ。

久実が白磁の蕎麦猪口(そばちょこ)をお手玉したところを、草は見た。久実の手から滑り、泡を飛ばしてくるくると回転した蕎麦猪口は、追ってきた指先にあおられて二回宙に浮き上がったが、あえなく落下して、潔い音を立てたのだった。

「やっちゃった。すみませーん」

割れた器は、売場に並ぶ商品の見本として試飲に使っているものだった。

「怪我してない？」

「大丈夫です」

「なら、よかった。洗ってて。片づけるから」

草は箒とちりとりを持ってきて、破片を集める。

「レイプ、って聞こえました」

草は顔を上げた。客がそんな話までしていたとは。

平緒里江を思い、肯定も、ごまかすことも、とっさにはできなかった。水を使っている久実は、頬の辺りしか見えず、表情がわからない。

「自分から周りに話してるみたいだし。勇気ありますね。強いというか」

そうだった、彼女が自ら話しているのだと思い直し、そうだね、と草は答えた。器の破片をちりとりに集め終えて、姿勢を戻す。

「実は、緒里江さんから直接、強姦だって話は聞いてたの。警察が同意の上だったたんじゃないかと疑ってる節もあるらしい。仕事だから、あらゆる可能性を探るんでしょうけど」

「相手が、佐野教授の息子だからじゃないですか」

「まあね。でも、彼女の様子からすれば、とても同意があったようには見えなかったわ」

久実の手元を見ると、ガラスだったら割れそうなほど、染め付けの蕎麦猪口の泡を流す手に力がこもっている。ぎぎゅっ、ぎゅっと音がする。

「佐野教授は、立派な先生ですもんね」

水の飛び散りも激しい。

草は見かねて、流しまわりを布巾で拭った。

「まあ、一方の話だけで外野が犯人を決めつけちゃいけないけど、緒里江さんが嘘をついているとも思えないし。ねえ、久実ちゃん……その泡、もう落ちたんじゃない?」

久実は草の顔を見て、我に返ったように、へへっ、と笑った。

「やだ、どうしたの」

「どうしたんでしょう。なんだか……脳のエネルギー切れでしょうか」

「やあねえ。だったら、一口羊羹、まだあったわよ」

同情してかっかするなんて久実らしいと思い、草は久実の背中をぽんと叩いた。

小さな包みの羊羹を用意し、二人分のコーヒーを淹れる。

「少し休もう」

コーヒーを落とす湯気の向こうに、雪。

今日、佐野元は転職先にいるのだろうか。

前の職場を、社内恋愛が原因で居づらくなって辞めた。妊娠させて逃げたとか、そういったことではない。言葉足らずなところがあって誤解されやすい。今は疲れ切っている。そんな百合子の話だった。

「誤解、か……」

雪が激しくなり、見慣れた景色までが見えにくくなっていた。

雪は一晩降り続き、翌朝には三十センチほど積もった。

近隣の屋根も分厚い雪をのせ、草の住まいの裏庭も沓脱ぎ石から何からふんわり白く埋もれた。関東としては大雪。テレビでは、昨夜から乱れている交通機関のニュースが続いている。

紅雲町はしんとして、居間にある古い柱時計の振り子の音がいつもより大きく聞こえる。まだ七時前だ。縁側のガラス戸から見上げる薄明るい空は、ところどころ雲が割れてきた。天気予報は曇り時々晴れ。今のうちに雪かきをした場所ならば、夕方までに相当とけそうではある。

簡単に朝食を済ませた草は、綿入りの作務衣や長靴を身につけ、倉庫から軽い素材の雪かき道具を持ち出した。

スコップの先が、おもちゃのブルドーザーに似た幅広タイプのもの。モップがけの要領で斜めに構えて押せばいいから、単なるスコップより楽だけれど、店前の駐車場を含む小蔵屋の周辺、それから第二駐車場も雪かきかと思うと、考えただけで腰が痛くなるようだ。

「さあさ、ともかく始めますか。そのうち久実ちゃんも来ることだし」

三和土の通路から千本格子を開け、店の方へ出る。何枚も下がっている和紙のブラインドの隙間が、雪のせいか妙に明るい。

草はスコップを脇に立てかけ、紐を引いて和紙のブラインドを上げた。

「あら……」

近くの駐車枠の白線と、黒いアスファルトが見えた。駐車場全体を見渡すと、もう雪かきが済んでいた。それも、枠線が確認でき、動線が最低限確保される程度に。全面きれいにして雪を集めすぎると、集めた雪が長い間とけ残るので、大雪の折はこんなふうにしているのだった。

草は久実のパジェロを捜したが、車は一台も停まっていない。外に出てみると、ネコと呼ばれる一輪車の手押し車を引きずったような幅で雪かきがされているのが見てとれた。

道路の雪上に、出入りした一台の車の轍がくっきりとあり、第二駐車場の方向へ続いている。草が轍をたどってゆくと、第二駐車場の奥の方で白い息を吐いて雪かきをしていたのは、一ノ瀬だった。

小蔵屋の雪かき道具のような軽い素材でできている、ネコに似た大型の道具を斜めに構えて雪を押していた。残りは四分の一ほど。豪快なようだが、敷かれている砂利を動かさないよう、先を少々浮かせる努力もしてくれている。先を浮かせるのは手間だし、力も要るが、砂利までかいてしまうとあとが大変なので、草としては実にありがたかった。

「おはよう。朝早くから、どうもありがとう」

「おはようございます」

一ノ瀬が、こちらに向いた。額の汗が朝日に光っている。

「表の駐車場を見て、久実ちゃんかと思ったわ」

「昨夜電話で明日は休みだって話したら、大雪だったら手伝ってと言われて」

その電話で、どんなふうに雪かきをして毎回大変かを聞くうちに、要領をつかんだのだろうか。一ノ瀬の察しのよさに、草は感心した。そういえば、雨の中で三角コーンを店前の駐車場に置いた折などは、何もたずねずに並べてくれたのだった。

「それで、こんな朝早くから」

「夜明け前に、目が覚めたので」

にこっとした一ノ瀬は話しながらも、作業を続ける。

「雪国並みの、いい道具を持ってるのね」

「もう古いやつです。石川県から転勤してきた人に、昨日もらいました」

「昨日？」

ええ、と一ノ瀬は言いながら、ぐっと力を入れて取っ手を高く押し上げ、雪を駐車場の端に盛る。空になった手押し車様のものをもとに戻し、方向転換して、いま除雪した帯状のところを小気味よく戻る。

「引っ越してきたら、マンションは幹線道路沿い、地下駐だから雪かきの必要がない上に、これがでかくて置き場に困ってると聞いて」

「いろんな知り合いがいるのねえ」

「いえ、清掃に入ったオフィスで、たまたまそんな話をしている人がいて」

一ノ瀬はビル清掃中に、窓辺で降る雪を眺める社員たちの会話を耳にし、雪かき道具をもらう約束をとりつけたらしい。

電気工事士二種の資格を持ち、大工仕事から何からこうも働いてくれるなら、一帯が山間部の県北にある老舗旅館も一ノ瀬をありがたく思うことだろう。冬場は街へ戻って稼ごうと、時々登山へ出かけてしまおうと、厚遇するのではないか。草はそんなことを考えつつ、少しの間、彼の働きぶりを眺めた。年寄りの出る幕はなさそうだ。

「それじゃ、最後までお願いするとして。おなか、へらない？」

「へりました。エネルギーが切れそう」

エネルギーが切れるという言い回しは、久実からも聞いたばかりだった。仲のよいことだと思い、草は顔がゆるんでしまう。

「コーヒーの他に苦手なものはある？」

「やたらと苦いもの以外は、何でもいけます」

「わかったわ。裏の玄関から寄ってちょうだい」

焼き鮭、厚焼き玉子、サラダ、漬け物、えのき茸の味噌汁。

雪かきのあと、そんな程度の食事を一ノ瀬はうまいと何回も言い、ごはんをおかわりした。

「朝ごはん、食べてなかったの？」

「パンと牛乳だけ。足りませんね。第二駐車場の砂利を甘く見てました」

「あれが曲者（くせもの）なのよ。糸屋も砂利敷きのところがあるわよね」

「そうなんです。でも、たぶん道はできてます。近所の子が雪だるまを作るついでに」

彼の弟が撮影したという一ノ倉沢の写真を、草は緑茶を飲みながら思い出していた。ごろごろと大小の岩が広がる近景から視線を上げると、中ほどには両側から迫る緑の山々、その山間（やまあい）をジグザグに縫う万年雪の先に、日本有数の険しい岩壁がそびえ立つ、一ノ倉沢といえばこう、という絵葉書のような写真だった。

別の平凡な山の麓で弟と別れ、それきりになってしまってからも、一ノ瀬は山で過ごし、山岳救助にも参加してきた。弟の死の責めを負い、弟が愛した女を時には愛し、姪をだっこし、では、この十数年おそらく弟を忘れた日はないだろう。自分とは無関係なところで生き、スキーを通じて山に親しむ久実のような人に惹かれたのは、自然の成りゆきにも思える。

草は、金の水引を小さくあしらった柿渋色のぽち袋で心づけを渡した。だが、おいしい食事で充分だと一ノ瀬が受け取らない。

「年上からは遠慮なくもらうものよ」

「仕事じゃないですから」

「頑固ね」

「よく言われます」

一ノ瀬はすました顔で食後に蜜柑を食べている。二個めの皮をむき始め、小首を傾げた。

「やっぱり、おかしいな」

何が、と思って、草は続きを待った。

「おれじゃないんです。キリスト教徒じゃないから働く、と言ったのは」

「キリスト教徒？　ええと……ああ、クリスマスの時のことね」

記憶を呼び起こすのに、草は少々時間がかかった。

確か、久実にクリスマスの予定をたずねたら、予定は何もない、おれはキリスト教徒じゃないから働くと一ノ瀬に言われたという返事だった。そのことをいつだったか、一ノ瀬に話した覚えはあった。あの時は千本格子の向こうに久実が引っ込んでしまっていたと思うのだが、どうもはっきり思い出せない。

「それ、私が話したのよね。いつだった？」

「小蔵屋の仕事納めの日です。早じまいする、五時頃でした。小蔵屋に入って行こうとするおれを見て、久実が奥へ逃げたんですよ」

草は、あの日の不快そうな一ノ瀬の顔を思い出した。

──今、おれを見て逃げませんでした？

そんなはずはないと草は笑って否定したが、一ノ瀬は、逃げたと言って譲らなかったのだった。今さら何だろうと、草は思った。

「キリスト教徒じゃないから働くって、久実ちゃんが言って、それでクリスマスに会わなかったってことね」

「ええ。久実はクリスマスを楽しみにしてたんですよ、初めは」

「たぶん、あの時は水臭いと思って怒ってたんじゃないかしら。ええと……ほら、梅の一富のことを人から聞かされたあとだったし」

曖昧に返事をした一ノ瀬は、まだ納得がいかなそうにまた首を傾げる。

「それが、どうかしたの？」

「どう、というか」

一ノ瀬が蜜柑をむいた手で顎をもむものだから、髭のない顎先に白い筋がついた。草が仕草で教えると、指で払いのける。

「なんか、おかしくないですか、久実」

「今も？」

い。

「ええ。腹の底で怒ってるような」

亡弟の恋人だった人との過去は、久実が聞いて納得したはず。そのことをたずねると、一ノ瀬もうなずく。信じてるからもういい、とも言われたそうだ。とは言っても心が追いつかないのではないかと、草は思う。理屈どおりに気持ちも割り切れれば、苦労はない。

おはようございまーす、と久実の声がした。

早めに出勤し、店の方から合い鍵で入ってきたのだ。公介いますかー、と声が足音と一緒に近づいてくる。

「そりゃ、誰かを好きになったら、多少おかしくなるもんじゃない?」

草は一ノ瀬と店の方へ首を伸ばし、おはようと声を揃えた。

縁側のガラス戸に、鳥のぶつかった跡が残っている。斜め下に向けた扇のような形に。日射しの角度や視線の高さによって時々に目につくのだが、拭きとろうと思いつつ、平緒里江が雑煮を食べていった時のままになっていた。

雪は数日のうちに、ほぼとけた。

曇りがちだったが、冷え込みがゆるみ、雪が残っているのは普段から日の当たらない場所、高く積み上げすぎた雪の捨て場所くらいのものだ。

強姦事件の噂は、小蔵屋で毎日聞くようになった。聞かなかったのは、定休日だけ。

今も、楕円のテーブルから、女性客二人の噂話が聞こえる。無遠慮な声だ。オリエのヒット曲『ラブストームを制御せよ』のサビ「愛は素敵、愛は奇蹟、愛は無敵」の三つのポーズ、まず両手を頬に当ててにっこり、次に右手の人差し指をクルクル回して魔法をかけ、最後に両手で拳銃を構えてズキュンと撃つという例の振りも見られ、それがまた人目を引く。

土曜の昼下がりで客は多く、初めて事件を耳にする客もいるだろう。草は浮かない気分だった。たとえ、それが平緒里江の意図するところだとしても。

チェロの名曲盤CDの音量を上げる。近頃、直接の関係者は来店していない。佐野元も年末に、母親の代わりでコーヒー豆を何回か買いに来たが、それきりだった。来ないことより、来ていたことに、草は疑問を抱いた。第二駐車場で何事かあり、緒里江とここで遭遇するかもしれないとすれば、一体どういう心境で豆を買いに来ていたのだろう。

「緒里江さんは、もう来ないかもしれないね」

草のつぶやきに、試飲用の豆を持ってきた久実がそっとうなずき、店の出入口の方を見て、あっ、と言った。

久実の視線の先には、佐野百合子がいた。

草は背筋が寒くなった。まだ噂話が続いているのである。羊のようにふわっとしたコートを着て、紫がかったスカーフを巻いた百合子が、灰色の短い髪の乱れを直しつつ、草に向かって会釈する。佐野元って優秀らしいわ。親に似て？　教授、お正月にトークショーやってたんだって。うわー、イタイ。聞こえないはずはないのに、百合子はその声に特段反応しない。初めて聞くわけではなさそうだ。

彼女が佐野教授の妻であり、佐野元の母親であるとわかる客が、一体ここにいるのだろうか。知らなければ、噂話は延々続くかもしれない。

「あら、佐野さん、いらっしゃいませ」

草はあえて名前を呼び、百合子のところまで出ていった。

ぴたっと、噂話がやんだ。

時が止まったかのように、小蔵屋がしんとした。

いつもは百合子さんと呼ぶ草が、あえて佐野さんと声をかけたことも不自然極まりなかったが、それでも百合子は微笑み、小蔵屋オリジナルブレンドの豆を注文する。

「久実ちゃん、豆のご注文よ。お願いね」

草が試飲を勧めると、百合子はさすがに首を横に振った。その間に、久実はコーヒー豆を計量し始め、あちこちからまたおしゃべりが始まった。噂話をしていた二人連れは、小蔵屋の紙袋を手にそそくさと帰ってゆく。草は彼女たちの使った器を下げ、新しい客のためにコーヒーを出し、会計を済ませて豆を受け取った百合子を、とう、のところが跳ねる、いつものありがとうございましたで送り出す。

百合子は振り向いて会釈した。

「声の大きなほうが勝ちですね」

その言葉で、周囲が静かになった。

チョコレート色の小型車に乗り込む百合子を見ている草の背後から、かわいそう、という声がした。

あえてここに来たのだと、草は感じた。それだけ母親は必死なのだ。堂々と振る舞えば、息子の印象はよくなる。

週末を経ると、噂話は変化した。時々、聞こえる声を並べれば、こんなふうだ。

「目立ちたいのよ。スキャンダルが肥やし」

「普通、言う？　言わないでしょ」

「それ、新年会で先輩が歌ってた。カラオケのランキングがアップしてるよね、絶対」

「こういうのは、女が悪いの。いけそうな雰囲気があるから、男が寄ってくるんだよ」

「男のほうが気の毒。利用されたのかな」

どれも平緒里江に手厳しかった。もちろん、客の中のごく一部。だが、無視するには声が大きすぎた。

噂の断片を耳にするたびに、またか、と草は思う。

一体、今はいつの時代なのか。半世紀以上昔と、何が変わったのだろう。襲われた女のほうに隙があると非難され、強姦の事実を口外するのは慎みに欠けると言われ、何かしら別の思惑があるのではないかと疑われる。同性が石をぶつける。

だが、草は何も言えなかった。平緒里江が嘘を言っているように思えないというだけで、事実として何があったのか、本当のところがわからないからだ。

被害の訴えに静かに耳を傾けつつ、外野がうるさすぎると思う人もいるのだろうが、その人たちは声を発しない。

「話題になれば、お金になるらしいよ。作詞はオリエだから。カラオケ一曲でも著作権使用料がチャリーンとさ。高校のクラスメートが言ってた」

「いいなあ。あー、あたしもヒット曲ほしい」

「その前に、デビューしな」

主婦二人がそんなおしゃべりの末に、笑い声を上げた。

風が強く、土埃の渦が店前の駐車場を滑ってゆく。

金曜の午前中。客は何人もいない。

楕円のテーブルから流しに視線を戻そうとした草は、カウンター席の主婦と目が合った。薄化粧の顔が微妙な笑みを浮かべる。あきれたような、うんざりしたような表情。何も話さなかったが通ずるものがあり、草は微笑み返した。救われた気がした。噂話に夢中の彼女たちより少し年上だろうその主婦の、カウンターに置かれた手は大きくごつごつとして、たくましい樹木を思わせた。

一月も下旬に入り、これから二月にかけて財布の紐はかたくなる。

真冬で、花の季節もまだ先。それなら、せめて目で楽しもうと、草は色鮮やかな器を並べた。

カウンターの正面の作り付けの棚には、明るい青系統。和食器売場の、壁面の棚には深い赤系統、展示台には白、黄、緑の系統。明るい青と深い赤には、茶系の器を組ませ、壁面の一体感を出す。隣り合う色を考えながら、タイルを貼るように並べてゆく。定休日に決めておいた器を、早朝から即興で。

本当に売りたいものは、あまり目立たない。定番の一部を例のコーヒー豆の形の砂糖に変えたセットと、フリーカップと豆形砂糖を組ませて透明な袋で包装した品。だが、この季節は我慢が必要だった。まずは新しい商品を知ってもらい、これを買おう、あの人に贈り物をしようと動き出す春まで、心にとめておいてもらうだけでもいい。そのためには、ふらっと寄ってみたい店でありたいと、草は心がけていた。

展示台を眺めた運送屋の寺田は、春の土手だな、蕗の薹の天ぷらで一杯やりたい、と言って久実を笑わせた。

「久実ちゃん、スカートはどうした。かわいかったのにさ」

「なんだかスースーして、だめなんですって」

草が代弁すると、久実が苦笑する。

深い赤の棚の前に立った中年の女性客は、この色合いをセーターにしたい、と言った。

平日、昼時の誰もいないカウンター席に座った常連は、

「明るくて深い海みたいだね。こんな絵画があったような気がする」

と、作り付けの棚を眺めた。

佐野元の件で、新年早々転職先へ出向いた日以来の来店だ。

週刊誌をカウンターに置く。文字だらけの表紙の、常連が指差したところに『オリエ疑惑のレイプ事件』と小さな文字があった。

「会社で話を聞くより、情報が多いね。もっとも、信憑性には欠けるが」

草は、週刊誌を他の客から見えにくいカウンターの陰に置き、上の隅が折ってある白黒のページを開いた。首の紐をたぐって懐から出した老眼鏡をかける。オリエの記事は、政治家や芸能人のゴシップが並ぶ中の一つだった。一ページに満たない。

アイドル当時の、首を少し傾けて微笑む顔写真が載っている。

佐野側は、あこがれの同級生だった会社員S氏、地元の信頼を集める教授である父、息子を信じる専業主婦の真面目な母として登場する。オリエ側は、元恋人から出回った半裸写真が引退の原因だったこと、他に交際中の男が複数人いたこと、彼女が周辺に語ったとされる今回の事件内容、迷惑だと口を閉ざす両親について書かれており、「さて、オリエのラブストームの真実は？」と、ずいぶん軽い一文で終わっていた。

小蔵屋で聞く噂同様、週刊誌も平緒里江に手厳しい。

これを読む限り、スキャンダルによって芸能界を追われたオリエが、今度はスキャンダルで芸能界復帰を目指し、高校時代にあこがれた同級生を利用したと取れる。

記事にある強姦事件の内容は、草が彼女自身から聞いた話と合致していた。それが逆に、週刊誌をどこまで信じたらよいのかわからなくする。

事件現場は、飲食店の駐車場とされていた。

「小蔵屋の第二駐車場へ来たそうだね、現場検証に」

現場検証に、だけ常連が小声になる。

警察が来たとしか先日は伝えなかったはずだが、と草は思った。

「話しましたっけ」

「いや。不思議だね。どこからか、そういう話は回ってくる」

常連はコーヒー豆を久実に注文し、草は試飲用のコーヒーを淹れる。

「転職先の方は？」

うん、と常連は首をもみ、コーヒー豆を挽く音が響く間、黙っていた。

「有能だからさ。同情的だよ」

「そうですか」

「しかし、なぜ前の職場を辞めたのかなあ」

常連はちらっと草を見たが、いや、とすぐに片手を顔の辺りまで上げ、草を制した。

「ひとりっ子だから区切りをつけて帰郷するつもりだったと、会社から聞いてはいるんだが、どうも急なような……親が倒れたわけでもなし……まっ、いい。お草さんは関係ない」

面接用の転職動機が、釈然としないのだろう。だが、草も恋愛云々の話は口外できない。

「よかったよ」

「え?」

「どちらも載ってなかったろ。ほっとしたよ。巻き込まれないことだ」

記事には、佐野元の転職先や、小蔵屋の第二駐車場を特定できるような記述はなかった。

常連は、それから黙ってコーヒーを飲んで帰っていった。

空に一筋、東から西まで続く雲が、夕日をあびて薄紅色に染まっている。

まだ空は青く、淡い水彩画のようだ。

烏が、遠く小さくなって何羽も雲の線を越えてゆくのに、近くの屋根の一羽はとまったまま。嘴を右にして、作り物のように動かない。

孤立した平緒里江を、草は思った。

あの週刊誌の記事が、テレビ取材や複数の記事に発展する気配はない。世間をにぎわしているのは、実力派俳優の訃報、人気アイドルの結婚、暴力団による首相事務所放火事件といったところ。とはいえ、この街では「オリエ疑惑のレイプ事件」の影響は大きかった。記事がほのめかす、芸能界復帰を狙う元アイドルがかつての同級生を誘惑し利用した、という見方が定着しつつある。

身体の傷。感情の回路が切れてしまった無表情。

——私、負けない。恥ずかしいことなんて、なんにもしてないもの。

あれが、そんな目的のためだったとはとても思えない。

「草ちゃん、お店」

由紀乃に声をかけられ、草は我に返った。

夕食用に肉団子と白菜入りのおでんを届けただけだったと思い出した。レースカーテンをもとのように直し、手に持っていた梅柄の風呂敷をたたむ。

「レンジであたためてね」

「ありがとう。忙しいのに」

「それが、そんなでもないの。だから来週は、冬休み後半の三連休」

久実と相談して、また雪かもしれないという日から定休日までを連休にしたのだった。

のんびり温泉旅行にでも行ってきたら、と由紀乃が勧める。

ソファでまた読み返していたらしく、由紀乃の膝に、例の週刊誌がのっている。何日か前に、運送屋の寺田が小蔵屋へ持ってきたほうだ。

——これ、小蔵屋の第二駐車場で起きたんだって？

寺田は週刊誌を見せて、初めにそう言った。現場検証が行われたこと、加害者とされる男が佐野教授の息子であることも、もうどこからか聞いて知っており、草の付け加える話は少なく済んでしまったのだった。まったく、噂の広がりは早い。

「温泉か。露天で雪見なんていいわね」

「でしょう。疲れがとれるわ」

壁のカレンダーには、小蔵屋の三連休に当たる日の、一日目に「髪」、二日目に「往診」と書いてある。遠縁の美容師や担当の医師の他に、ヘルパーも訪れる。

にっこりする、丸眼鏡の丸顔。この顔を見に寄ったんだ――草は来た時より元気になって、由紀乃の家をあとにした。

駅前の旅行会社に電話してみると、長い付き合いの間に支店長になってしまった人が、草津の小さな宿を勧める。雪見ができる半露天風呂つきの部屋でお得なプランがあるらしい。予報の雪も大したことはなさそうなので、草は予約した。温泉街の真ん中に立ち上る湯煙、人がつくったのに荒々しい地球が顔を覗かせた雰囲気の湯畑。効きそうな硫黄のにおい。三連休の初日は一人で羽を伸ばす、と決めると心が軽くなってくる。これといった予定のない旅ほど、楽しいものはない。

翌日、小蔵屋の開店前に、旅行会社へ出向き手続きを済ませた。

自動ドアから歩道へ出ると、ビルの向こうの見上げる位置に、東京方面からの新幹線が見えた。

駅周辺にはいくつも旅行会社があり、平緒里江の勤務先は信号を渡った先だ。以前、草はビル一階にあるガラス張りの店舗の中に、彼女を見かけたことがあった。

試しにその旅行会社の前へ行ってみると、パンフレットだらけの壁際に、髪の長いほっそりした社員が見えた。草は手提げを覗き込み、迷ったものの、中へ入った。

近づいて、こんにちは、とそっと声をかけた。

振り返っていらっしゃいませと言ったその人は、緒里江ではなかった。向かいあってみると、緒里江よりもひと回り小さく、年齢も若そうだった。どうして間違えたのだろうと、草は自分にあきれた。

「ご旅行のご相談でしたら、どうぞこちらに――」

案内しようとする学生のような雰囲気の社員に、草は人違いだったと詫び、店舗を出ようとしたものの、担当の者をお呼びいたしますが、と引き止められてしまった。平緒里江さんは、とたずねると、席を外しているという。それならと思って、手提げから小さな包みを出し、平さんに渡していただけますか、と頼んだ。

「わかりました。失礼ですが、お名前は」

草は包みの小蔵屋の文字を指差し、ここの者です、と伝える。杉浦草と名のっても、おそらく平緒里江にはわからない。中身はコーヒー豆。定番の小蔵屋オリジナルブレンドを挽いてきた。淹れるその時間が落ち着きますよね、と前に彼女は言っていた。小蔵屋にはもう来ないだろうが、好きな時間を大切にしてほしかった。

その後、日が経つにつれて、積雪の予報が数センチから二、三十センチと変わっていった。当初の予想より寒気が南下するらしい。

「けっこう降るかしらね」

「前回以下じゃないですか？　草津は雪に強いし、駅からの送迎もあるし、大丈夫ですよ」

「そうだね。降る雪を眺めるのもいいわ」

久実は、草の予約したプランも載っているパンフレットを手に、昼の休憩に入る。

「一ノ瀬さんは、スキーもするの？」

「滑れるって言ってます。でも、絶対負けません」

顎を上げてちょっと偉そうにした久実が、千本格子の向こうへ消えた。

客は途切れ、静かだ。

ここのところ平均以下の日が多い売り上げを思い、草は額をかく。しばらくしてコーヒーを淹れ、千本格子を開けて久実に声をかけた。ありがとうございますー、とすぐそこの事務所ではなく、奥の倉庫から声がする。

「どうしたの、久実ちゃん」

いえちょっと、とかなんとか言っているが、よく聞こえない。

「事務所に置いとくわよ、コーヒー」

「あっ、はーい、すみませーん」

カウンター内へ戻ってから、草はくすっと笑った。無粋だったかしら、と思った。久実は奥の倉庫で、一ノ瀬と電話していたのかもしれなかった。

「あらー、見事に雪だわ」

温泉へ出かける朝、本格的な雪になった。

テレビのニュースが、都心の交通網は麻痺していると伝える。この辺りの新幹線や在来線は通常どおり運行しているが、バスは遅れるかもしれなかった。

草はタクシーを呼び、駅に向かう。

タクシーに乗り込むまでのほんの数メートルを歩くのに、大判のショールを傘がわりに被ったら、雪だらけになってしまった。あとの道のりは屋根下が続くだろうから、鞄の中の折りたたみ傘はできれば広げたくなかった。

「降りますねえ」

「今日は、うちの会社も出る車が少ないです。私は雪国が長かったから慣れていますが、事故を起こしたりもらったりするなら、家で雪見酒のほうがいいなんてドライバーもおりましてね」

長い橋の上から眺める河原は水墨画のよう。落合で一つになってこちらへと来る流れが、墨のように際立って見える。橋を渡り切ったところの信号でタクシーが停まると、目の前を通りすぎるトラックや観光バスからチェーンの音が響いてきた。さすがに、国道の車も少ない。

ひところよりスキーヤーが減り、この雪とあって、特急も空席が目立った。

のんびりできそう、月の半分くらい長逗留できる気軽な宿なんてないもんかしら、などと思いながら、車窓の白い景色を眺める。

「あの、お電話、鳴っていませんか」

隣の中年女性に言われ、草は膝の上の鞄を開けた。携帯電話が鳴っている。うっかりしてマナーモードにするのを忘れていた。

「ありがとうございます。すみません」

隣の女性に礼を言い、一泊用の小さな鞄の内ポケットから携帯電話を取り出して、音がしないように操作する。液晶画面には久実の名前が表示されていた。着信音が止まった。着信履歴を見てみると、もう二回かかってきている。草はデッキへ出て、折り返した。

「草です。悪いわね、電話に気づかなくて。今、電車の中なのよ」

「お休みのところ、すみません」

「小蔵屋の前に、緒里江さんが立っていて」

「どうかした？」

「この雪の中？」

草は、なぜ休みに久実も店へ行ったのだろうとは思ったが、久実の話は続いている。

「お店が休みなのを知らなかったらしくて。お草さんに会いたかったそうなんです。で、ちょっと一人にできない雰囲気というか。彼女の車はスプレーペンキで落書きされてるし、緒里江さんは笑顔なんですけど、なんだか消えてなくなっちゃいそうで……」

草は思案した。緒里江から、家族と折り合いが悪いと聞いている。放って置くわけにはいかなそうだった。

「わかったわ。すぐ帰る。合い鍵を使って、中で待ってて。すぐと言っても、電車の本数がないから、二時間くらいかかるかもしれないけど、一緒にいられる?」

「あの、行っていいですか」

「え?」

「草津に、私たち」

デッキの窓から見る雪は、まだ降りそうだ。久実が雪道の運転に慣れているとはいえ、心配だった。

「そうね、そこを離れるのもいいかもしれない。のんびり電車でいらっしゃい。あとね、緒里江さんの車をそこに置いておくなら、落書きが見えないように、ビニールシートか何か被せてもらえる? 倉庫にあると思うから」

草は久実との電話を終え、宿に連絡を入れた。

二名分の追加は、都心からの当日キャンセルが相次いでいたため、なんなく対応してもらえた。

そうと決まれば、やきもきして待ってもしかたがない。

駅から送迎バスで宿に到着した草は、二間続きの和室の隅に荷物を置き、さっそく帯をほどいて奥の庭側にある半露天の温泉に浸かることにした。

年寄りが裸で無事に真冬の戸外へ出るには、バスタオルと気合と、うーさぶさぶ、の声出しが必要だった。洗い場の冷たい板になるべく足裏をつけないように、かつ、うっかり滑らないようにがんばり、手足に湯をかけてから、胴体に巻いていたバスタオルを濡れない場所に置いた。あまり濁りのない熱めの湯に、冷えた手足がじいんとする。洗い場とほぼ変わらない高さの縁に頭をのせ、屋根の向こうに降る雪を見つめていると、自分が空へ上っていくよう。ばさっと音を立て、竹が葉を揺らす。重みに耐えかねて、雪を落としたのだ。かけ流しの湯があふれ続け、風呂場の端に積もる雪をとかす。

湯から上がると、疲れが出て、畳に横になった。

いつの間にか寝入ってしまい、気づいた時には久実の声がしていた。

「じゃ、部屋のお風呂使って。私は大きいほうのお風呂に行くから」

「ありがとう。ねえ、コンビニで買った下着、逆」

「おー、交換、交換。あっ、お菓子のほう、パジェロに置いてきちゃった」

結局、車で来たらしい。

「ここに宿からの和菓子があるわよ」

「これだけで、夕食まで持つかなあ」

「えー？　お昼に、おにぎり二個食べたのに？」

久実ちゃんに二個は少ないわ――草は目を開けない。数時間前の電話からは想像もつかない、楽しそうな会話を中断したくなかった。知らないうちにかけてもらってあった掛け布団に肩まで入る。

人の気配がしなくなって目を開けると、まだ外は明るかった。

ガラス戸の向こうの雪は、ちらつく程度になっている。

「さすが、久実ちゃんねえ」

しばらくして草は、廊下の腰かけで久実を待った。湯上がりの久実は、浴衣の肩に茶羽織をかけ、ぴかぴかな頬をして戻ってきた。

「運転、お疲れさま」

あれ、と不思議がった久実に、草は微笑んだ。

「あんまりいい雰囲気だったから、さっき起きなかったのよ。緒里江さんは、どう?」

「状況が悪すぎて、明るいってあるじゃないですか。あの感じなんです。見ているほうが、心配になるというか、恐くなるというか。それに、車の落書きがひどくて。黒いスプレーペンキを使ってカタカナで、オリエ、ギワク。仕事先に嫌がらせの電話もあって、上司からしばらく休んでいいって言われたって。ほんっとに、ひどいですよ」

顎にしわが寄るほど、久実が口をかたく結ぶ。

――腹の底で怒ってるような。

一ノ瀬の言葉を、草は思い出した。久実が腹の底で怒っているとしたら、この件についてだろう。

「被害を訴えただけで袋叩きなんて。世間は厳しいわね。どうかしてる」

「コーヒー豆がうれしかったって、緒里江さんが。人間扱いしてもらった気がするって」

草は思わず、ため息が出た。

「あのねえ、人間扱いって……」

「昔、事務所の社長に言われたそうです。アイドルは、みんなのおもちゃ。忘れるなって」

アイドルは、みんなのおもちゃ。

草は廊下の鶯色の土壁に、その文字を思い描いてみる。黄色の軽薄な字体が、流れ落ちる。あらゆる仕事は、人による、人のためのもの。代わりがいくらいようと、コンピューターを駆使しようと、同じこと。それを忘れた時には、大きなしっぺ返しを受ける。隣国を侵略して日本は焼け野原になり、目先の金だけ追った挙げ句不況に落ち込んだ。

「他には？」

そんなところです、と聞き、草は腰を上げた。久実が自宅に電話するというので、そこで別れて部屋に戻ると、緒里江が座卓の下座におり、草に向き直ってから、突然押しかけてすみません、と頭を下げた。薔薇色の頬をして微笑む彼女は魅力的だが、久実が電話で言ったように、消えてしまいそうだった。

「いらっしゃい。思いがけない組み合わせね」

縁側の籐椅子に、草は腰かけた。

「コーヒー豆、ありがとうございました。うれしかったです」

「よかった。嫌なことを思い出させるようでどうかなと、旅行会社の前でも迷ったんだけれど」

「あー、思い出さない日は、ないですから」

微笑み続けている彼女に、それもそうね、と草も微笑み返す。事は深刻なのだ。だから、これ以上、深刻な顔をしてもしかたがない。微笑む回路が蜘蛛の糸ほどにでもつながったのなら前よりはまし、と思うことにする。

「逮捕状は？」

「出ていません。証拠が足りない、と警察が。どうして身体を洗っちゃったのかなあ、せめて服や下着を一枚でも捨てずに置いておけば、と何回も思いますけど……悔やんでも遅くて」

身体や衣類については、草もどうしてと思う。責めることはできないが、やはり悔やまれる。事後、彼女自身を守るためにも必要な証拠だった。

「もう一つ、聞いていい？」

「はい」

「彼とは、どうやって待ち合わせたの？　ずっと没交渉だったわけでしょう」

「またここで、と。小蔵屋さんで最初に会った日に、彼はそう言ったんです。一緒にいた母親を気にして、話しにくそうに小さな声で。うれしかった。私のことを覚えていてくれたんだと思って」

「だから、二日続けて小蔵屋に」

緒里江が少し驚いた様子でうなずく。そのことを老店主が記憶しているとは思わなかったようだ。

「事件のあの日、私がお店へ入った時間に、彼は小蔵屋の前にいたんです。ガラス戸を閉める時、表にいる彼を見ました。だから、私は彼に会うと友人のタカミにメールしたんです。でも、彼は店へ入って来なかった」

「そして、第二駐車場にやって来た」

緒里江が、うなずいた。しばらく二人して黙った。

話に不自然な点はない。緒里江の主張どおりならば、佐野元は彼女を自分から誘い、彼女の車があった第二駐車場を犯行に利用したことになる。人目の少ない第二駐車場が、強姦に格好の場所となったのかと思うと、草はいたたまれなかった。

きゅう、と腹が鳴った。

草は一瞬自分かと思ったが、緒里江が浴衣の帯の辺りをなでた。

「すみません。やだわ、こんな話をしている時に」

「おなかがへってきたわね」

「はい。温泉が効いて」

緒里江は、小さな顔がより小さくなり、首まで細くなったようだ。部屋に夕食が用意されると、こんな食事は久し振りです、と彼女はうれしそうにした。久実が、草の前に用意された料理を見て目をぱちくりさせた。

「違いますね。お皿の数が少ない」

草はつんと上を向き、鼻先に拳を当て、いたずらっ子のピノキオのまねをした。

「そう。品数は少なく、ステーキの和牛は上質。特別サービスなのよ」

おいしそう、と久実が和牛を覗き込み、それを緒里江もまねる。草は二人と一切れずつ肉を交換し、みんなで食べ比べる。

「あー、やっぱりお草さんのお肉のほうがおいしいですよ」

「ほんと。脂がさっぱりしてます」

「そうでしょう」

本当は、食べきれないので皿数を少なくしてもらっただけ。和牛は、旅行会社の支店長紹介だからということで上質なのだった。

二本目の瓶ビールを手にした久実が、ちょこっとニュース、と言った。

「私たち、小さい頃にスキー教室で会ってるんだよ」

えーっ、と緒里江が目を丸くして、久実を、続けて草を見た。

「しかも、ここ草津で。ミズノのピンクのウェアだったでしょう」

「うん、そうそう」

「緒里江さんさ、ターンができなくて悔しくて大泣きしてた」

やだー、そうだっけ、と緒里江が恥ずかしそうに首を縮める。

「あと、『学園天国』を歌ってくれた。抜群に、うまかった」

「ふっるー。でも、あの歌、大好きなの。無条件に元気出るっていうか」

こうさ、と久実が肘から先を上下させる振りをつけて歌おうとすると、緒里江がその振りを直そうとし、とうとうマイクがわりにおしぼりを持って立ち上がった。

よっ、と久実が声をかけ、拍手を送る。草も遅れて拍手する。

草でも知っている『学園天国』を歌う平緒里江は、オリエだった。

若干酔っていても身体の芯がぶれず、素人の歌声ではなかった。本物のスポットライトを知っているからか、照れのない堂々とした雰囲気が漂う。

縁側のガラス戸には、外灯に照らされた雪の庭。揃いの浴衣と茶羽織の女三人も映り込み、重なっている。ともかく今は、幸せそうな温泉客の一組――ガラスの中の、歌うオリエの後ろ姿を眺めつつ、草は思う。

歌い終わった緒里江が、グラスに残っていたビールを一気に飲み干した。

「私、負けない！」

うん、と久実が励ますみたいにうなずき、酌をする。

翌朝、寝起きの温泉と品数豊富な朝食を楽しんだあと、久実と緒里江は一足先に車で帰り、草は二時間ほど一人の時間を過ごした。

静寂に包まれた部屋から、宿のマイクロバス、帰りの特急と、不思議な気分を味わった。ずっと一人だったような、三人で過ごした時間が幻のような気がしてしかたなかった。早朝に会計を済ませておいたら、律儀に二人分の宿泊費を入れて久実と緒里江の名を記した宿の封筒が鞄の中にそっと入れてあった。それが三人で過ごした証拠といえば証拠だった。

「証拠、か……」

車窓に、青空と雪景色が流れてゆく。

まぶしくて、草は目を細める。

大道芸人が全身を使って操る、大きな輪を思う。車輪のように転がってなめらかな軌跡を描いたり、独楽のようにその場で回転したり。この特急の車輪も回り続けている。

何回も、何回も、繰り返し。

「繰り返していたとしたら……」

佐野元が前の職場をやめた理由を、詳しく知りたかった。

本当に、単なる恋愛沙汰だったのか。

言葉足らずで誤解されることが多い、妊娠させて逃げたとかではない、疲れ切っている、心身を休めるのが一番。佐野百合子のそんな言葉と、緒里江の訴える事件が、かけ離れ過ぎていた。それほどまでに弱った男が、女を襲うものだろうか。

人出もダイヤも通常どおりの駅に、草は下り立った。

新幹線ホームへの案内板を見つめ、今から横浜まで行ってみようかと考えた。明日まで休みだし、社名はなんとなく覚えているから、所在地はインターネットで検索すればわかる。だが、警察でも探偵でもない年寄りが、会社へ出向いて佐野元について調べるなど、所詮無理な話だった。行ったところで、誰に何をたずねたらいいのか、糸口すらない。

もうおよしと諭すかのように、懐の携帯電話が振動した。由紀乃からの電話だった。

「おまんじゅうと佃煮、ありがとう。久実ちゃんが届けてくれました」

「どういたしまして」

「話は聞いたわ。大変な旅行だったわね」

「でも、まあ、久実ちゃんのおかげで、彼女もちょっとは元気を取り戻したみたい。今、駅についたところだけれど、何か買っていくものでもある？」

いくつか買い物を頼まれ、今日明日のうちに届ける約束をして、駅ビルのエレベーターに乗った。

「ええ、それじゃ。またね」

誰もいない箱を降りたら、ホテルのロビーフロアに着いていた。下りに乗って一階へ行くつもりが、うっかり階ボタンを押さずにいて、ここまで上がってしまったらしい。ぼうっとしているうちに、二基あるエレベーターは背広姿の男たちを満載して階下へ行ってしまった。気を取り直して下りのボタンを押し、エレベーターを待つ。

ロビーフロアの隅には、会合の受付があり、背広姿が何人もいた。大きな案内板には『講演・対談／地域経済と医療』とある。佐野教授と、草の知らない精神医学博士の名が並んでいた。

「どうも」

「あら、先生。こんにちは」

声をかけてきたのは、紅雲町の医師だった。草のかかりつけ医だ。佐野教授の講演と対談を聴いてきたのだという。草が内容に興味を示すと、かかりつけ医は専門家らしく言葉なめらかに教えてくれる。

「なかなか面白かったです。面白いというと語弊があるかもしれませんが。医療を充実させれば雇用が増えるといった手の話じゃなく、根深い問題なのに置き去りの感がある精神医療を充実させる町づくりが、働き手としての患者、家族、ひいては地域の人々を支え、暮らしやすさを生み、結果的に地域経済の安定につながるという――」

草は話の途中で、こちらを見ている佐野教授に気づいた。

佐野教授は、黒っぽい背広姿の中で一人だけ、明るい茶系の上着を着ていた。目が合った。古くからの住人ではなく妻子と紅雲町へ移り住んできた人だが、町内の着物姿の店主ということで草を見知ってはいるのだろう。

草は会釈した。かかりつけ医が草の見ている方を肩ごしに振り返り、佐野教授とお知り合いですか、と言ったが、草があらためて見た時には、佐野教授の姿は消えていた。

「そうでしたか。エレベーターが来ましたよ」

「奥さんが小蔵屋に」

草は医師に先を譲られ、箱に乗り込む。

二階で降りる医師を見送ってもなお、今し方の佐野教授が頭から離れなかった。白いものが多い髪をのせた逆三角形の顔は、無表情。造作は息子と似ていたが、表情はまるで緒里江のようだった。


草は休みの残りを、由紀乃と過ごしたり、家事や事務仕事に充てたりして過ごした。その間、平緒里江についてしばしば思い返し、何かできないかと考えた末に、第二駐車場で拾った女物の下着と靴下の片方について警察へ連絡してみた。

ショーツはクリーム色で、両脇にレース、はき込みが浅め。靴下もクリーム色で、つま先と踵が薄い緑色。いずれも若い人好みのもの。拾った日は、平緒里江の事件が起こる日の朝。久実が休みに風邪を引き、都合三日続けて休んだ初日の朝のことだから、草はよく覚えている。事件については噂を含めていろいろ聞いている、これが役立つとも思えないが、などと警察に話すと、念のため数日のうちに伺います、と熱のない返事があった。草としては、それでもいくらか気が楽になったし、電話して気づいたこともあった。これらは事件の起こる日の朝に拾ったのだから、平緒里江のものとは考えがたく、正月にここへ寄った彼女に見せる必要など端からなかったのだ。迂闊だった。だが、ものがものだけに無関係とも思い切れなかった。

気温が上がって雪は自然にとけ、軒先にたれ落ちる雪や明るい空を眺めていれば、それで済んだ。複雑な世間に比べて、自然は単純で美しく思えた。一つ一つを思い返せば長い、もう如月かと思えば短い、三日間の休暇だった。

草は久し振りに店に立ち、コーヒーを淹れる。

ドリッパーに湯を注ぐと、きめ細かな泡がドーム状に盛り上がってきて、湯気とともにコーヒーの香りが立ち上る。仕事はいいな、と思う。

忙しさに追われれば、またきっと休みたくなる。それでも今日のような日は、休みたいと思ううちが一番よかった、と笑った晩年の父の言葉が身に沁みる。

目の前のカウンター席で話す主婦二人に、草は試飲のコーヒーを出した。

「来週、また雪だって」

「今年は多いわね」

「うちの夫、雪が降ると思い出したように腰を痛がって雪かきから逃げるのよ」

甘酸っぱい華やかな香りが特徴の、期間限定のブレンドだ。右の客は眼鏡を曇らせてでもコーヒーに鼻を近づけ、左の客はおおらかな青い模様のマグカップに口をつける。

「いい香り」

「まろやかで、おいしい。このマグカップもいいわ」

沖縄のやちむん、と草が言い、沖縄のやきものです、と言いかえて付け加えると、沖縄かー、青い海だよねえ、行きたいー、と南国を思う主婦二人の顔が明るくなった。彼女たちの目の前、草の背後の作り付けの棚には、常連が海みたいと言った青い器のディスプレイ。真冬にハワイのコナコーヒーに似たブレンドと、楽しい色合いの器を用意してみてよかったと思い、草は会計カウンターにいる久実と顔を見合わせる。

結局、期間限定のブレンド豆は二人に売れ、袋入りの豆形砂糖を組ませた沖縄のマグカップも一セット買われてゆく。縁が欠けたまま使い続けてきた自分のマグカップを新しくする、そんな話が聞こえてきた。会計時に手渡した三月末まで有効の割引券も喜ばれた。

久実が二人の主婦を見送り、一セットだけでしたね、とつぶやく。

「いいの。上々よ」

草は小声で言って、奥の和食器売場の隅を見るよう目線で促す。

豆形砂糖とマグカップのセットを手に取っている客がまたいるのだ。三十前後の、栗色の短い髪の女性で、五分ほど前に入ってきた。紺のダッフルコートと細いジーンズがよく似合い、少年のような雰囲気を持っている。

「お求めいただけますかね」

「手にとってもらえるだけでも、ありがたいじゃないの」

ダッフルコートの女性客は、値頃な蔓バラ模様のフリーカップと豆形砂糖のセットを買い求め、試飲を希望する他の客と一緒にカウンター席に座った。

遅い雪が勢いよくとける三月のような陽気のせいか、三十分もすると客が増えた。寒さや雪に閉じ込められては、あたたかさと雪どけに誘われて出かける、そんな目まぐるしく変わる天候に左右される暮らしが続いていた。なんだか、寒さあたたかさが身に沁みる。草は人や品物が動く兆しを感じた。

客が集まれば、噂話にも花が咲く。

また、オリエという言葉が聞こえた。

「そこの第二駐車場だったらしいわよ。ネットに出てた」

数人の客が草を見たが、草は聞こえなかったふりをした。値頃のフリーカップと豆形砂糖のセットを買った、ダッフルコートの女性客にトイレを貸してほしいと言われ、案内する。吐き気がする様子だったので、自宅にあった紙おしぼり、エチケットバッグがわりのビニール袋、市販の胃腸薬を手渡し、これから新幹線に乗るというのでタクシーを呼んで見送った。ありがとうございました、と言われたが、外の空気を吸いたかった草のほうが礼を言いたいくらいだった。

おしゃべりは、インターネット上でも繰り広げられている。草も休みの間、パソコンで検索してみて、小蔵屋、第二駐車場、といった文字を目にした。

噂は噂を呼び、事実は尾ひれをつけられ、時には異質な作り話にまで変化する。他人の不幸は蜜の味がし、無責任に語っても咎められず、暇つぶしにも気晴らしにもなる。いずれ自分や自分の身内がその標的となって傷つく日のために、見えない刃を自ら研ぎ続けているようなものだった。いつの時代も、世間は残酷だ。

鳥打帽の常連客が入ってきた。と思ったら、戸口で草に会釈して踵(きびす)を返し、近くにいた久実を連れて出ていってしまう。

戻ってきた久実は、黄色い花のついた枝物を抱えていた。蠟梅(ろうばい)だ。

「頂戴しました。また来ますって」

いただきものを分けてくれたのだろう。草は蠟梅を受け取り、内側から光るような小さな花の、甘い香りを胸いっぱい吸い込んだ。鳥打帽の常連のさりげない心遣いがうれしかった。佐野元や平緒里江について直接話したことはなかったが、第二駐車場が事件現場だという噂を、小蔵屋の常連客が知らないとも思えない。

草は早速、緑釉の花器に投げ入れ、楕円のテーブルの中央に飾った。

ふいに届いた花の色と香りに、噂話はやんでしまった。

蠟梅がたくさんあったので、草は残りを久実と自宅用に分けた。久実の分は日が暮れてから、水が切れないようキッチンペーパーやビニール袋でくるみ、接客中の久実から車の鍵を預かって、パジェロの後部座席の座面に置いた。

外に立って車内へ上半身を入れていた草の脇から、白っぽいものが飛び込んできた。外をうろついていた猫だった。時々見かけるうちの一匹で、ちょっと小さく、人に慣れており、草と目が合っても平ちゃら。車内に昼間のぬくもりが残っていたからか、これっ、おまえは、と草が手で追っても、後部座席から助手席の下へ、さらに運転席の下へと動き回って出ていかない。車内にあった傘を使って脅し、やっと追い出した。飛び出してきた猫が、草の草履の足元に何か、くしゅっとした、丸めた鼻紙のようなものを落としていった。座席の下かどこかにあったごみでも、引きずり出してきたらしい。

「まったく、まあ」

それを屈んで拾った草は、紙ではなく布だったことに、ふーんと思い、一体何だろうと広げてみた。

「なんだ、靴下……」

それからしばらく、寒いのも時が過ぎるのも忘れ、しゃがみ込んでいたのだった。

パジェロから出てきたものは、例の靴下の片方だった。捨てるに捨てられず、平緒里江に見せる必要もなくなり、そのまま自宅へ置いておいた、あの第二駐車場で拾ったシヨーツと靴下の片方の横に並べてみると、まったくその靴下に相違なかった。全体がクリーム色、つま先と踵の部分が薄い緑色で、土汚れがひどい。久実も襲われたのに違いない。

間違いであればと願ったが、現実は容赦なかった。

一晩、草はろくに眠れなかった。

外が白んできた頃に起き出し、いつものように晴雨兼用の蝙蝠傘を持って河原へ出かけた。雲が多く、風が強い。これから、いっそう寒くなるのだ。紬の上に和装コートを着込み、大判のショールを抱きしめるようにして羽織っても、襟元や乱れる裾から寒風が入り込んでくる。顔は冷たさも痛さも通りすぎ、もう耳も鼻ももげたように感覚がない。河原の高い裸木に、くす玉のような丸い宿り木がいくつかついており、風に激しく揺れている。眠れない夜の間、糸屋の宿り木の影が脳裏に何回となく浮かんできては、一ノ瀬を思った。

宿り木は、寄生木とも書くのだった。

それが頭に浮かんだ瞬間、草は鳥肌が立った。佐野元を連想した。この町がとりつかれたのかもしれなかった。そして恐ろしいことに、あの男を呼び戻した一人が、まぎれもなく草自身だった。

第四章　帽子と嵐

今朝も、久実は笑っている。

開店前にやって来た運送屋の寺田が、腹回りに肉がつき過ぎ、倉庫で荷物を下ろした拍子にズボンのボタンを飛ばしたのだ。

「弾けましたよね。ぶちっ、と」

「血糖値が高めになってから、うちでは制限されて一食一膳。制限されると、人間余計に欲するわけよ。外だと蕎麦よりカレーライス、牛丼なら大盛りなんて具合に」

草は楕円のテーブルで椅子に座り、とれたボタンを寺田のゆるめたズボンに縫いつける。和裁用の裁縫箱から引き出しを一つ抜いてきた。久実に頼んで針に糸を通してもらう間に、ズボンに残った糸をとってしまったから、時間はかからない。

「ボタンの位置をずらせば、二センチくらい広がるわ。ちょいと不細工だけれど」

「助かります」

久実が、草の手元を覗き込む。

「ボタンと布の間に、糸をくるくる巻くんですね」

「そう。ズボンのボタンホールのところは厚みがあるから、こうやって糸を巻きつけて糸足を高くするの」

したことないです。学校で習ったでしょうに。そうでしたっけ？　そんなやりとりを聞いていた寺田が、首を傾げている久実の肩をぽんと叩く。

「仕事の合間に、花嫁修業させてもらいな。時間はたっぷりある」

「ひどーい、たっぷりってなんですか！」

「あれ？　もしかして、嫁ぐまでに時間がないのか？」

「そんなこと言ってませんてば、もうっ」

からかった寺田も、ふくれた久実も結局笑い出したので、草も笑顔を作る。

久実は風邪を引いたからと三日続けて休んだあの時も、鬼の霍乱だの復活だのと聞いて、ふくれたり顔をゆるめたりしていた。初売りの日は、白いシャツブラウスのボウタイを首に高く巻いて華やかに結び、黒いセーターとパンツをあわせた姿で豆形砂糖を覗き込み、かわいい、を連発した。一ノ瀬の過去に理解を示した折の横顔はきれいだった。草津温泉での明るさと優しさには、草までが救われたのだった。

昨夜も、草はろくに眠れなかった。切れぎれの眠りの他は、ずっと凪の音を聞いていた。そのせいで、今日は頭も身体も重い。

客にあわせて微笑むが、話の途中から上の空だった自分に気づき、曖昧にうなずいてまた微笑む。別の客から孫のお食い初めの食器について相談を受け、ひとしきり話した末に、割れない食器がやっぱり一番よね、という客の結論にしっくりしないまま、それならデパートの食器売場がよいと勧める。ふとしたきっかけで、つい久実のことを考えてしまい、気持ちが仕事から離れてしまう。何をやっているのかと自分へのイライラがつのり、一度は自宅へ戻って炬燵に頭を突っ込み、あーっ、と叫んだ。

草は、こう推測せざるを得なかった。

久実は平緒里江と同じ目に遭った。それも、緒里江が襲われた日の前夜、残業を終えて第二駐車場から帰る際に。恋をしてはき始めたスカートが仇になったのかもしれない。久実が元スキー選手で襲うには強すぎると、小蔵屋に縁のないあの男は考えなかったのだ。それに飽き足らず、翌晩、緒里江を襲った。事前に小蔵屋の前まで来て、中には入らなかった。緒里江が言ったように、彼女の来店を確認したのだろう。だが、それだけか。先に襲った久実の反応を見に来たのだとしたら。恐ろしいことだ。恐ろしいことだが、実際そのあとも、暮れに何回か、佐野元はコーヒー豆を買いに来た。暮れの最後の営業日にも。あの夕方、久実は千本格子の奥へ行ってしまい、それを一ノ瀬は、おれを見て逃げたのか、と訝った。しかし違う。あの時、久実は佐野元から逃げたのだ。弱々しそうに見えた、あのホクロの多い色白の顔は、店の外へ出た途端、にやついていたのかもしれなかった。

最悪の想像をすれば、はらわたをねじくられるようだが、避けては通れない。

思い過ごしであってほしい。

そう願うものの、久実が風邪を理由に休んだあと首や顔、手首などの痣や引っかき傷を隠そうとし、触れられるのを嫌がり、平緒里江にああも寄り添い、何よりショーツと靴下がここにあっては、その望みも薄い。昼時に倉庫にいたり、雪の日に留守の小蔵屋へ来てみたり、今思えばあの下着や靴下を捜していたのだろう。駐車場の辺りで拾ったサドルやスリッパといった、ごみなのか何なのかわからない類は、倉庫の隅にしばらくとっておくのが常だから。

緒里江の強硬な態度と、週刊誌記事が、現在の佐野元の手かせ足かせになっているのだとしたら、それがせめてもの救いだった。

さすがに草も、三晩目には、闇に吸い込まれるように眠りについた。

翌朝、目覚めた時、ぐっすり眠った感覚があった。頭と身体がすっきりしていることに、まったく薄情なものだと、かえって自分が情けなくなって涙が出た。

節分も、立春も、ただ過ぎてしまっていた。

客に配った節分の豆——実際には甘納豆——の小袋の残りと、蕗（ふき）の薹（とう）の煮びたしも並べ、こうして由紀乃と二人で昼食をとっていても、日射しがまぶしいというだけに過ぎず、冬が永遠に続くような気がしてくる。温泉で平緒里江が歌った姿を、立ち上がってまねして由紀乃に見せ、あまりの下手さかげんに二人して笑うが、どうも胸がすうすうする。

「阿波踊りみたい」由紀乃が笑顔で目尻を拭う。

「アイドルのまねは無理だわ」

草は再びソファに腰かけ、壁の時計を見た。いつもならなるべく早く店へ戻るところだが、どうも久実の顔を見るのがつらく、腰が重くなる。

「草ちゃん」

「なあに」

「すべきことをしたら、気分が晴れるわよ」

返す言葉がなかった。

久実の件は何一つ打ち明けていないのに、丸眼鏡の奥の静かな瞳に見透かされていた。被害者面してここへ逃げ込んでいる自分が恥ずかしくなった。

長崎の工房が何とかして売りたいと送ってきた器のサンプルを箱から出し、並べたり重ねたりして眺めてはみたものの、自分の感度の鈍さに嫌気が差し、また箱へ戻す。倉庫から売場へ戻ったところに、こういうのお草さんは上手にされるから、とご近所から蕗の薹が届いた。

「まあ、ありがとうございます。あっ、ちょっと待ってくださいね」

草は礼に、先日取り寄せた老舗の割れ煎餅を一袋渡す。

近所の人が帰ると、久実が近寄ってきて、またですね、と微笑む。昨日今日と蕗の薹ばかりが届き、浅いざるに山盛りになっていた。

「一ノ瀬さんは食べないわよね」

「それが、蕗味噌だけは好きなんですって。天ぷらや佃煮にするとだめなのに」

「あら、難しいのね」

「謎男（なぞお）ですから」

「なら、蕗味噌にするわ」

「やった！」

　早寝した草は、翌朝、暗いうちから台所に立った。

　蕗の薹のごみや汚れたところを除いて洗い、さっと湯がく。あとは細かく刻んで油で炒め、みりんでといた味噌、砂糖を加えて味を整え、全体に艶を出す。少量なら湯がかずに作るところだが、今回は量が多くて刻んでいるうちにあくで黒ずむので、ひと手間かけた。苦みも多少軽減され、一ノ瀬向きになりそうだ。胸の底がやわらぐような早春の香りに包まれ、無心に手を動かしていると、不思議と気持ちが整ってくる。

　蕗味噌は、ジャムや珍味の空き瓶にいくつもできた。久実、一ノ瀬、由紀乃、寺田、自宅用と分けても余る。

「すべきこと、か」

　朝日に輝く一瓶を、草は鱗（うろこ）模様の懐紙に包む。

　ドアホンを押すまで、迷いがなかったといえば嘘になる。だからといって、他に方策は思い浮かばなかった。

青い屋根の平屋は、一部にある生垣に、椿の赤い花が咲いていた。

応答せず玄関を開けた佐野百合子は、予めドアホンの画面で草の姿を確認しているからか、特段驚きもしなかった。屋根つきの車庫に、百合子のチョコレート色の小型車が一台。両側は一台分ずつ空いている。平日の午前十時過ぎ、佐野家は静かだった。

草が少し話したいと言うと、上がって左のドアを入った居間に通された。

居間は、明るい洞窟といった雰囲気だ。全体に砂色で、屋根のゆるい傾斜が天井に活かされ、壁の中程に明かりとりの横長の窓が一つきり。落ち着くのかもしれないが、年寄りの目には少し暗い。そのせいで、ローテーブル下の敷物につまずきそうになった。

右の壁沿いの三人掛けソファを勧められた草は、蕗味噌の瓶を渡した。

「ごちそうさまです。今、お茶を」

「ありがとうございます。すみません」

いったん廊下の奥へ引っ込む百合子を、草は止めなかった。長居する気はないが、少しでもこの家の様子をつかみたい。

入ってきたドアとは別に、三人掛けソファの手前に幅広の引戸が一枚。開ければ、奥の部屋とつながるらしく、隙間から明かりが漏れている。

草が座ると、正面の真っ暗な大型テレビに、着物姿の年寄りがぼんやり映り込んだ。

両側に一人掛けのソファが一脚ずつ。明かりとりの窓の上下には、作り付けの棚。たくさんのＣＤが並び、トロフィーや表彰楯、写真もあった。草は近寄って見てみた。写真は二枚あり、どちらにも黒帯の青年が写っている。高校生くらいだろうか。一枚は古く、もう一枚はそれよりずっと新しいが、よく似ている。佐野教授と息子の元だ。表彰楯に合気道の文字がある。佐野父子は、合気道の黒帯らしい。

本の虫という印象は、勝手な想像に過ぎなかった。人の気配がしたので、草は三人掛けのソファへ戻った。

青い花柄のカップとソーサーで紅茶を出した百合子は、どういったお話でしょうか、と問いかけ、ドアに近い方の一人掛けソファに落ち着いた。首元のゆったりしたセーターにロングスカート、きちんと折り返した靴下。灰色の短い髪にやたらと触れる仕草を見ているうちに、草は自分がとがめられているような気分になってきた。もっとも、話はこれからだ。

「じゃ、単刀直入に」

「はい」

「被害女性は一人だけじゃない。違いますか」

「おっしゃる意味がよくわかりません」

百合子は、さらっと答えて微笑む。

草は手提げから紙袋を出し、さらにその中からビニール袋に入った例のショーツと靴下を取り出した。念のため、パジェロから見つかった靴下は別のビニール袋に分けてある。

「平緒里江さんの事件が起きた頃に、第二駐車場で見つけました」

紙袋の中身をローテーブルに置いた時点から、百合子は目を見開いている。

「緒里江さんのものじゃありません」

草は嘘を用意してきた。

「今のところ、誰のものかは不明です」

百合子の唾を飲み込む音がした。

「警察には」

「もう連絡してあります」

草津温泉から帰ったのちに、実際、草は警察に電話してあった。あの時点では、久実のものだと考えもしなかった。いずれ警察が受け取りに来ると思うと頭が痛い。

百合子が触ろうとするので、ショーツや靴下を遠ざけた。そうして左手で彼女の手を握り、目を覗き込んだ。百合子の手は冷たかった。

「多くは言いません。これ以上の犠牲者は出せない、それだけです。おわかりですよね。私が間違っているなら、そう言ってください」

隈がひどく、肌は乾燥して粉を吹いたようだ。よく眠っている人間の顔ではない。疲れ、神経ばかりが尖っている目がじろじろと草を探り、やがて何かに気づいたみたいに、急に細くなった。微笑んだのだ。

「ずいぶん長い間、保管されていたんですね。平緒里江さんの言う事件は、十二月の下旬でしたか。その頃拾ったとなると、ひと月半くらい経ちますね」

「ええ、まあ」

百合子の冷えきった手が、草の手からするりと逃れ、ティーカップを口に運ぶ。

「どうぞ。冷めないうちに」

「百合子さん、はぐらかさないで」

「ごめんなさい。最初に申しましたように、おっしゃる意味がよくわかりません。もちろん、噂は知っています。この下着や靴下についても、被害を受けたという方が警察に訴えれば、それが一番だと思いますけど。そうすれば捜査が進んで、解決するお話じゃありませんか」

勘づかれた——草は顔に出さないように努めた。

「あなた、もしかしてこれが誰のものか、ご存じなんじゃ……」

百合子が余裕の笑みを浮かべ、ゆっくりと首を横に振る。

草は言葉もなかった。頭から血の気が引いた。

百合子がわかっているとしか思えなかった。平緒里江の他に、誰が第二駐車場で襲われたのかを。しかも、その被害者は独身で恋人もできたばかり、世間の冷たさも目の当たりにして、警察に通報するような危険を冒しはしない、と。

残り二口ほどのご飯が進まない。

定休日とはいえ、起き抜けから洗濯や掃除をして、いつものように河原や三つ辻の地蔵まで回ってきたというのに、朝食を残すようではいけない。そう思って草は冷蔵庫まで往復し、瓶の蓋を開け、蕗味噌をひと匙とり出す。独特の風味に食欲が刺激され、飯茶碗は空になり、口の中もさっぱりして、残っていた鯵の干物や煮物も平らげる。蕗の薹の、香りは薬で、苦みは旨み。父と母から、何回となく聞いたものだ。

緒里江さんは食べているかな、と考えた。顧客データにある住所を見てみると、遠回りだが、バスを乗り継げば行ける。草は思い立って、手をつけていない一瓶を梅柄の千代紙にくるみ、缶入りの野菜ジュース、そのまま食べられる煎り黒豆、割れ煎餅、林檎、それから挽いたコーヒー豆を紙袋にまとめ、出かける支度をした。

草履を履いたところに、ごめんください、と男の声がした。

もう十五分もするとバスが来る。草が出てゆくと、くたびれた黒いコートの中年が立っており、警察手帳を見せた。暮れに小蔵屋を訪ねてきた一人のようだが、定かではない。

「ご苦労さまです」

「お電話いただいた件で伺いました。お出かけですか」

観察に余念のない目が、草の脇から中を見る。

草は和装コートの上にショールを羽織り、上がり端にバッグや紙袋を置いていた。

「はい。バスで、ちょっと」

「すみません、お急ぎのところに」

「いいえ。それが、肝心の下着と靴下を、うっかりしまい失くしてしまって。ご連絡すればよかったのにすみません。本当に申し訳ないですね」

そうでしたか、と私服の警察官はうなずいたものの、草の言い訳に納得したのかは怪しかった。草としては、久実が望まないのに、例のものを警察に渡すわけにはいかない。

バスの時間だから歩きながらでよいかと頼み、草は荷物を持って玄関に鍵をかけた。

「しまい失くしてあれですけど、あの靴下やなんかが緒里江さんのものでないとすると、連続した事件という可能性が出てきませんか」

「考えられますが、今日の段階では何とも」

私服の警察官は、空の両手を広げて見せる。

「そうですね。すみません。あらためて捜してみますので」

冷え込みがきつく、話す言葉がすべて白い息に変わり霧散する。雲が多くなり、日も陰った。

草は店前に停めてあったセダンまで歩く間に、この地域のパトロール強化を頼んだ。

「こう言ってはなんですが、どうも私には、平緒里江さんが嘘を言っているようには思えないんです。ご存じですか。佐野教授の息子さんが恋愛沙汰で居づらくなって前の会社を辞めたという話を」

いいえ、と私服の警察官が首を傾げる。腕時計を見た草を、バス停まで行きますよ、と言って車に乗せ、エンジンをかけた。車は店前の駐車場を出る。

「実は、十二月に百合子さんに頼まれて、息子さんの就職口を探すのを手伝いましてね」

「とすると、前の職場を辞めた理由は奥さんからお聞きになった？」

「はい。妊娠させて逃げたとかそういうことではなく、言葉足らずで誤解されることが多い、そんなお話でした。佐野教授は職探しにいっさい協力しないし、仕事をせずに同居するのも許さないということで、奥さんにも甘やかすなと」

「そこで、奥さんはあなたに頼んだ。失礼ですが、普段からお親しい？」

「まあ、顔なじみのお客さんではありましたね。奥さんが内緒で周囲に相談したとしても、結局、佐野先生に知られてしまう。それで困って、先生がいらっしゃらない小蔵屋へ」

「なるほど」

「もっとも、私が手伝ったといっても、人からこういう会社があると聞いて、それを伝えただけなんですが。それでも、この事件が緒里江さんの訴えどおりだとしたら、私にも犯人を呼び寄せた責任が出てきます」

話の途中で、最寄りのバス停に着いていた。

草が車のドアを開けると、ちなみにどちらへ、と私服の警察官がきいてくる。

「緒里江さんのところへ、食べものを届けようかと。車にスプレーペンキで落書きされたり、会社に嫌がらせの電話がかかるものだからしばらく休むように言われたり、まったく心配で」

私服の警察官は、神妙な面持ちで浅黒い顔をなで、ぜひ例のもの捜し出してください、ご連絡お待ちしています、と念を押して去っていった。

時間どおりにやって来たバスに、草は乗った。

よく利用するJR駅前のバスターミナルでバスを乗り換え、紅雲町よりずっと川下の橋を渡り、ガソリンスタンドとパチンコ店が目立つ辺りに降りた。幹線道路付近に建物が集中し、あとは田畑が占める地域だ。

平緒里江が暮らすアパートは、ガソリンスタンド裏の方に、作物のまばらな畑を背にして建っていた。淡い緑の二階建て。あの靴下のつま先と踵の色を連想させる。

どの部屋か確かめる必要はなかった。

外階段を上ったところに、平緒里江はいた。ワイン色の毛糸帽を被り、黒っぽい服装で、二階角部屋のドアや外壁にとりつき、落書きを消している。手伝っているのは、若くも中年にも見える大柄な女性。辺りに、汚れ落とし剤のものだろう薬品臭が漂っている。

「なんつーか、暇な馬鹿が多くて困るよね」

「そろそろ、パートの時間じゃないですか」

「そうなんだ。ごめんね」

「大体、消せましたし」

「応急処置だから、こんなもんか。じゃ、行くわ」

「ありがとうございました」

大柄な女性は隣室へ飛び込み、さっと着替えて、敷地内の駐車場から軽自動車を飛ばして出かけてゆく。勤務先のユニホームらしき緑色の三角巾とエプロンの姿が頼もしかった。

消し跡から、オリエ、売女、と読める。

草は階段を上がっていった。

「こんにちは。大家さんのほうで、あらためてきれいにしてくれるんでしょ？」

草に気づいた緒里江が、笑顔を見せてうなずいた。

「どうしてるかと思って。簡単に食べられるものとコーヒー豆、持ってきたわ」

目を潤ませ、手に引っついた薄手のゴム手袋をじれったそうに外し、玄関ドアを大きく開ける。

「どうぞ。上がってください。ほんと寒いし、どうぞ」

室内は明るく、暖房が効いていた。

手前から玄関、丸テーブルのあるキッチン、広めの洋室、洗濯物が干されているベランダとまっすぐに続く。トイレと浴室が分かれていて広いほうだが、古いアパートを改装した物件なので家賃が安いのだと緒里江が言う。

草は促されて、キッチンの丸テーブルについた。三つある椅子は、形が全部違う。草が座ったのは、赤い布の鞠(まり)を身体にそうようにへこませて木製の短い脚を四本つけたような、面白い形の椅子だった。

表を片づけた緒里江が、草の持ってきた豆でコーヒーを淹れてくれた。

「淹れ方、平気でしたか。緊張しちゃう」

「おいしいわ。お世辞抜きで」

流しは乾き切り、食べもののにおいがしなかった部屋に、カフェオレの香りが満ちた。玄関先で帰るつもりだった草は、断りきれずに上がり込んだのだが、よかったと思った。カフェオレの器は、伊羅保(いらぼ)ふうのざらっとした手触りの茶碗。テーブルや棚、ベッド、壁の版画に至るまでフリーマーケットや古道具屋で手に入れたものだそう。ものは多いが、独自のルールに従って片づいていた。本来はキッチン用だというステンレス製のシンプルな棒に下がったフックがアクセサリーかけになっていたり、昔の診察室にあった白くて脚の長い医療棚が食器棚になっていたり、えっと思うような工夫がされている。

「素敵な部屋ね」

「好きなものを一つ手に入れたら、どうでもいいものを一つ処分しました。そういう暮らしを始めて二年で、どうでもいいものがなくなりました。家を出た時、鞄一つだったので」

ファッション誌や英会話の本が並ぶ棚に、あの週刊誌が見えるように置いてある。

「あれ、捨てないの？」

「はい。どうでもよくないですから」

草は思い切って、記事の一体どこまでが本当なのかとたずねてみた。

緒里江は週刊誌のそのページを、ノートパソコンの横にある家庭用複合機でコピーした。事実の部分をピンク色のマーカーで塗ってあるそうで、コピーでもひと目でわかる。

元恋人から出回った半裸写真が、引退の引き金だったことは事実。

だが、他に交際中の男が複数人いたというのは出鱈目(でたらめ)。

強姦事件の内容はほぼあっているが、取材に応じたのは、緒里江でも、事件当夜これから佐野元に会うと知らされた友人タカミでもなかった。

「不思議ですよね。一切、取材の申し込みはなかったのに、本人が話したみたいな記事になるんですから。まして、芸能界復帰目当てなんて創作もいいところ」

草は、編集部に抗議しないのかときいた。すると、緒里江が自嘲気味に笑う。

「アイドルは、みんなのおもちゃ。あきらめるしかありません」

「おもちゃじゃない。人よ」

「理想はそうですけど。オリエは、私であって、私じゃない。反応したところで、無視されるか、もっとひどく書かれるかですから」

人が人であることが理想だと言われて、草は侘(わび)しかった。

テーブルを囲む数人の愚策によって先の戦争は始まり、日本人だけでも百万単位の人たちが虫けらのように命を落とした。戦争を嫌っていた兄も、花や童話が好きだった妹も、その犠牲になった。現実はそんなものだと涼しい顔で片づける気には、とてもなれない。

「事件以降、加害者から直接、何か言ってきたりした？　脅してくるとか、示談にしてくれとか」

「いいえ、そういうことは全然」

「彼、高校時代どんなふうだった？」

緒里江は、頰に手を当て、しばらくしてから口を開いた。

「学年で上位の成績なのに、走ると速くて、口数が少なくて。まわりに友だちがいても、孤独に見えるタイプでした。私が学祭で『学園天国』を歌った日、廊下ですれ違ったら、僕もあの歌好きなんだって。私、あこがれてたから舞い上がっちゃって、そのあと何を話したのか、よく覚えてない……」

先日、温泉旅館であの歌をどんな気持ちで歌ったのか。

草は想像して、胸苦しくなった。

部屋をぐるり見渡す。キッチンの赤いポットや野性的な猫がプリントされたエプロン、丸めたストールやTシャツを詰めて壁にかけてある金属製のカゴ、棚の上に所狭しと並ぶ小物――花が埋め込まれたキャンドル、真っ黒いクマ、絵本から出てきたような焼きものの教会といった数々の――が彼女をなごませてくれるよう、コーヒーの香りの中で祈る。

その夜、布団に入って間もなく、サイレンを聞いた。

不安になって起き出してみたものの、何があったのかわかったのは翌日だった。

「お草さん、昨夜のサイレン聞きました？」

「ええ。十一時頃でしたよね」

「コンビニ強盗だそうですよ。何も盗れずに、逃げたんですって」

やだわ、と言いながら、草は客の話に心底ほっとする。

この間、久実も手を止めていたが、また商品の補充を続ける。

強姦の犠牲者がさらに続きはしないかと、内心おびえている自分に、草は否応なしに気づかされた。それは、久実も同じに決まっている。

――この下着や靴下についても、被害を受けたという方が警察に訴えれば、それが一番だと思いますけど。そうすれば捜査が進んで、解決するお話じゃありませんか。

まさしく、佐野百合子の言ったとおりなのだった。

だが、それができない。久実を奥へ呼び、拾った下着と靴下を見せ、このままでいいのかと迫る自分を何回となく想像してはみるが、事をひた隠しにしてきた久実がどれほど打ちのめされるだろうと思うと、草は何食わぬ顔でいるしかなくなる。

「久実ちゃん、黄色い箱にリボンをかけたのも展示してちょうだい」

はい、と久実が明るく返事をして、作業にとりかかる。

今朝から、店内のディスプレイを一新した。

バレンタインから春向けに、定額で組み合わせが楽しめる贈り物のコーナーを用意した。中仕切りのある山吹色の化粧箱の、左側に小ぶりなフリーカップ、右側にコーヒー豆か豆形砂糖、あわせて十種類の商品の中から二種類を選び、包み紙を使わずに和紙の紐のようなリボンをかける。紐状のリボンも何色か用意した。もちろん、どの商品も単独で購入可能。以前ある客に言われた、豆形砂糖だけほしいという要望にも応えられる。

単に展示していただけでは売れなかったものが、時期もあるのだろうが、次々売れてゆく。売り切れたフリーカップの場所に、また違うフリーカップを並べると、コーナー自体に新鮮味が出てくる。限定二個、人気、といった小さなポップを、状況にあわせてこまめに貼りかえるのも効果が高い。

「明日から会計カウンターに、あのお砂糖を置いてみてもいいですか」

「そうね。やってみようか」

ついで買いを誘う、久実のアイディアはなかなかだった。三月末まで有効の割引券を使って会計しつつ、目についた豆形砂糖をさらに購入する客が少なくない。中には、コーヒー豆を買おうとして会計カウンターで豆形砂糖を見つけ、奥にある新設の贈り物コーナーへ吸いよせられてゆく客もある。そんな高いわけじゃないのに高く見えるよね、もらったらうれしい、という声を、草は久実と喜んだ。

こうして笑顔でいても、このままでいいのか、次の犠牲者が出やしないか、と不安が消えない。口をつぐめば、証拠不十分で逮捕状は出ず、犯人は野放しの可能性が高い。草の喜びが曇ると、なぜか久実の表情も陰りを帯びる。久実の瞳に不安げな自分が映っているのを、草は見たような気がした。運送屋の寺田が配達に来て、二人のそんな顔を見た途端、どうかしたのかとたずねた。久実が、繁盛疲れです、と小声で言って笑い、草はごまかすために、台車の一番上に積んである小さな荷物を手にとり、見本かしら、などと言ってみる。これまでうまく回っていたものが、バランスを欠いてぐらつく。こんなことは長く続かない。未来の犠牲者に、言い訳はきかない。

寺田のトラックが、店前の駐車場を出てゆく。

「ねえ、久実ちゃん。このままでいいと思う？」

久実が青ざめた。黙っている。何がですかとも、きかない。久実は補充用に山吹色の化粧箱を倉庫から持ってきたところ。草は試飲用の器を下げてきたところ。まさか、営業中の店の片隅で、こんな話を持ち出すことになろうとは思ってもみなかった。

「下着と靴下、拾ったわ」

久実は見る間に目を潤ませ、そうして笑顔になった。悲しい笑顔だった。その笑顔も歪み、久実は離れていった。会計カウンターの向こうにしゃがみ込み、山吹色の化粧箱をカウンター下の棚にしまいつつ、時折、目元を拭っている。顔見知りの客二人から、やだ、どうしたの、と声をかけられ、舌噛んじゃって、と笑いを誘う。そんなことある？　あるわよねえ、しゃべってる時とかに。何か食べてたんじゃなくて？　そんな客同士の話にもつきあって笑っている。

閉店間際に一ノ瀬が現れた時、いらっしゃい、が遅れた。いつものように迎えなければと思うほど、草には難しかった。

久実は無言。コーヒー豆を買う最後の客が財布から小銭を出すのを待っている。

一ノ瀬は、おかしな雰囲気を感じとった様子で、カウンター席に座った。手に持っている派手な文字の葉書大のものは、焼肉店の割引券だ。久実を夕食に誘うつもりらしかった。カウンターに置いてあった、開けかけの荷物をちらっと見る。草が寺田の台車から見本かしらと手にとった、湯呑み一つ分ほどの小さな箱だ。間を持たせるために、草は一ノ瀬に荷物の開封を頼み、自分はカウンター内を片づける。

「横浜の佐野工房」

一ノ瀬が、送り状の差出人名をぼそっと読む。佐野だなんて、と草はさきほど思ったばかりだった。

「展示会か何かで、名刺交換でもしたのだったかしらね。外、寒いでしょう。いいじゃない、焼肉」

「一緒にいかがですか」

接客中の久実が、一ノ瀬を咎めるみたいにこっちを見たのが、草の目の端に入った。

「ありがとう。でも、今夜は早めに休みたいから」

草は、久実にどう話すか考えていたのだったが、今日のところは時間を置くことにした。一ノ瀬を前にすると、自分の振る舞いが恐ろしくなった。警察に届ければ、現実の仕組み、心情の両面から考えて、周囲に内緒というわけにはいかない。久実の身に起きた災難を、彼が知ったならどう思うだろう。

最後の客が帰り、久実はレジを締めにかかる。久実の不安が自分の比でないことも、草はひしひしと感じていた。

「やっぱり割れてるなあ」

「え？」

カチャカチャ音がしたから変だと思ったんだ、と一ノ瀬が言い、プチプチと呼ばれる梱包材を大きく広げた。赤い模様の器が三つほどに割れている。蔓バラを細筆で簡素に描いたフリーカップ。小蔵屋でも扱っている商品だった。一ノ瀬は「われもの注意」のシールが貼られた箱の中から、さらに紙切れと小さめの封書を出した。

「小蔵屋のレシートですよ」

「工房からなのに、どういうこと？」

草は差し出された紙切れと封書、それから送り状の貼ってある包装紙を受け取り、首にかけている紐をたぐって懐から取り出した老眼鏡をかけた。確かに、紙切れは小蔵屋のレシートだった。

横浜、佐野、小蔵屋。日付は先週。送り状から浮き上がって見える文字に、嫌な予感がふくらむ。

「開けた感触では、割れたものを包んだ感じでしたよ。欠片(かけら)の向きが目茶苦茶で」

実際、一ノ瀬が破片を組み合わせて器を再現しようとすると、唇をつける口縁(こうえん)の一部など、何か所か欠損している。草は封書の表裏を見てみたが、そこには何も書かれておらず、中には便箋が一枚、二つ折りで入っていた。取り出した便箋は不自然に重く、開く前に間から、市販の胃腸薬一袋、袋入りの平たい紙おしぼり、小さく折りたたんだビニール袋が滑り落ちてきた。胃腸薬は、草の常備薬と同じもの。

「これって……」

便箋を開くと、縦書きのきれいな文字が並んでいた。女の筆跡に見える。

《オリエさんは、二人目です。

私には、好きな女性がいます。佐野元は「僕も彼女が好きなんだ」と、近づいてきました。彼を片思いの同士・唯一の理解者として信じた私は、卑劣な行為によって裏切られました。ですから、警察に届けることは無理なのです。ご理解ください。》

この荷物は、一人目の犠牲者の告白、やり場のない怒りであり、これ以上の犠牲者を出さないでほしいという切望でもあった。

そして、実のところ、オリエは三人目であって、二人目は久実。

さらに正確を期するなら、犠牲者が三人のみとは限らない。

「これが、前の会社の恋愛沙汰……」

つぶやいた草は、ダッフルコートを着た少年のような女性客を思い返していた。トイレに案内したら、吐き気がするらしいので、タクシーを呼んで見送った。そういえば、これから新幹線に乗ると言っていた。例の噂、特にあの時は小蔵屋の第二駐車場が犯行現場だという噂話が聞こえ、直接の被害者でなくとも、胸苦しい思いをしたものだった。彼女はどうにかしたい一心で小蔵屋まで来てみたが、結局、これが精一杯だったに違いない。

気がつけば、草の隣で久実が手紙を読んでいた。

一ノ瀬は何も言わずに、カウンター席から久実を見ている。

「ごめんね、公介。急ぎの仕事ができちゃった」

そう言って一ノ瀬を帰した久実は、表情を失っていた。

空腹で話すのはよくない、と草は真空パックの東坡煮、レタス、冷凍のご飯を使って丼を作り、作り置きの浅漬け、すりおろし生姜をきかせた味噌汁を添えた。二人とも食べきったものの、会話は必要最小限。気の重い食事だった。

蜜柑を前に、草は切り出した。手帳と、届いた荷物を、手元に置いている。

まずは、佐野元が前の職場で恋愛沙汰と称す問題を起こしていたこと、その被害者が荷物の差出人だろうという話を、おおまかに伝えた。

「それからね、下着と靴下の片方は第二駐車場で拾ったの。靴下のもう片方は、久実ちゃんの車から出てきた。蠟梅をいただいた日に」

鍵を預かってパジェロに蠟梅を載せたこと、白っぽい猫の仕業で靴下が転がり出てきたことも言い添えたが、尻切れ蜻蛉（とんぼ）になった。炬燵の角を挟んで座っている久実は、もう別のことを考えている様子で、話が途中で終わったのに気にもとめない。正月の現場検証後、平緒里江も同じ場所に座ったのだった。

草の背後の台所から、ぽとぽとと水の滴る音がした。蛇口から、どうかするとひとりでにまとまって水が滴り落ちる。

「悪い想像をしてるの。久実ちゃんが、緒里江さんと同じ目に遭ったんじゃないかって」

草はポットから、熱い湯を急須に入れた。

「実はこの間、警察が下着と靴下を取りにきた」

久実がぎょっとして、草を見た。渡したんですか、私のって言ったんですか、と着物の袖を揺さぶる。急須の口から、ほうじ茶が飛び出した。熱いから、と草は肘で久実の手を押し戻す。久実が恥じ入ったように謝り、あわてて草が無事なのを確認してから、手近にあったティッシュペーパーでこぼれたほうじ茶を拭う。草は平常心を失ってゆく久実を見ていられず、そのティッシュペーパーをそっと取り上げてごみ箱へ捨てた。

「警察が下着と靴下を取りにきたらいけなかった？　久実ちゃんはどうしてほしかった？」

久実が困惑した様子で、顔をそむける。

「ねえ、久実ちゃんは、私がどうしたらよかったと思うの？」

二つの湯呑みに、草はほうじ茶を注ぎ足す。

「未だに、逮捕状が出ない。決定的な証拠が足りないからだよ。緒里江さんは動揺して、衣類を全部処分し、身体を洗ってしまったからね。これ以上、犯人を野放しにすれば、また犠牲者が出かねない。私は黙っていられない」

久実が苦しそうに、背中を丸める。その両手が明るい水色のセーターの首元を、胸を、これ以上ないほどきつく握りしめる。掻きむしっているようにさえ映る。この子に、と草はどうしても思ってしまう。この子に私は何の権利があって無理を強いているのだろう、と。そんな自分を愚かで傲慢だとも感じた。親じゃない。もめたくもない。でも、引き下がれない。

「第二駐車場で何があったのか、聞かせてちょうだい」

そっと、草は久実の背中に手を置いた。

「いい？　これは、久実ちゃんだけの問題じゃないんだよ」

手のひらに、荒い呼吸を感じた。

未遂です、と久実が言った。

顔を覗き込んで、草は本当かと念を押した。久実のうなずく姿を見て、嘘でないように感じられ、大きく息をついた。全身の力が抜けた。

だが、久実は背中を丸めたまま、身体のこわばりを解かない。

「手紙にあったのと似た手口です。残業したあとの帰り道にあいつがいて、こんばんは、遅くまで大変だね、僕ああいうお店好きなんだ、と近づいてきたんです。知ってるお客さんで、佐野教授の息子ですもん、警戒なんかしませんよ。だけど、あいつは話しながら指先でキーホルダーみたいなものをぶんぶん回していて、駐車場内へ間違って飛ばしちゃったようなふりして、パジェロの近くまで捜しに……。私、必死で抵抗しました。でも、あいつ、強いんです。頸動脈を圧迫してきたり、関節をひねったり、武道の経験があるみたいな感じで。抵抗しきれなかったら、どうなってたか……」

草はひたすらうなずき、久実の背中をさする。犯人の慣れきった手口と躊躇のなさに、頭の芯が冷えきってくる。

「でも、未遂で済んだ。だったら……」

久実が血相を変えた。草は久実の背中から手を離した。

「だったら、なんですか」

久実の敵視するような顔つきに、草は気押された。

「未遂だから、警察に届けるなんて嫌なんですよ。恐い思いはしたけど、何もなかった。何もなかったのに、なんで警察に届けなきゃいけないんですか？　なんで噂のタネにされなきゃいけないんです？　仕事に戻って、小蔵屋に来るあいつにも動じるもんかって、がんばって。こうして黙っていれば、あの日の前だって、あとだって、同じなんです。だけど、未遂だなんて警察に届けたら終わりです。どうせ世間は信じない。信じないだけじゃない。案外うれしかったんじゃないの、結婚もまだなのにかわいそう、絶対にそういう話になる。なりますよね？　うちの家族だって、公介だって、そんなの耐えられっこない。そのうち、私のことが鬱陶しくなって、嫌になって――」

久実の名を何回も呼んで、草はやっと話を遮った。

「久実ちゃんは誉めたじゃないの。緒里江さんのことを、強いですねって」

「私は、緒里江さんとは違うんです。普通でいたい」

「普通って……」

「お願いです。下着と靴下を返してください。警察が取りに来たなんて嘘ですよね。だって、警察から私に何も言ってこないし、お草さんが勝手にそんなことするはずない」

警察に渡したのよ、誰のものかわからないと言ってある、だから被害者が名のりでないと、と草は応じた。下着と靴下は、貸し金庫にしまってあるが、持っていると言えば久実はあきらめない。

「人間なんて勝手なの」

古い柱時計が鳴り出した。

「私はね、次の犠牲者を出すことが恐ろしい」

九つ、柱時計は鳴り続けた。久実は裏切られたような顔をして帰っていった。

仕事は待ってくれない。

週末から日曜にかけて贈り物のコーナーの売れゆきに拍車がかかり、忙しさに追われた。寝不足で顔をあわせる気まずさも、ぎこちない朝の挨拶も、現実の勢いに吹き飛んでしまう。くるくる回り出すと、このまま行けるような錯覚に陥る。

「すみません、化粧箱は何時着ですか」

「午後の早い時間のはずよ。足りそう？」

「遅れるとまずいですね。電話して、配達時間を確認してみます」

「お願いね。それと、試飲用の豆を挽いてちょうだい。急ぎの包装は任せて」

だが、例の事件が頭から消えるはずもなく、些細なことで日常がぐらつく。

草はレシートを手にした拍子にダッフルコートの彼女を思い、ちらつく雪に平緒里江はどうしているかと考え、いつもと変わらぬ笑顔で接客する久実に胸を痛めた。他の被害者には悪いが、久実の事件が未遂に終わってどれほど救われたかしれない。それだけに、現状のまま放置したいという誘惑にかられる。久実ちゃんがそう望むならいいじゃないの、と。

「すみません、お客さまです」

カウンターの向こうから久実に呼ばれて顔を上げると、小雪のちらつく表に黒いコートの男が立っていた。先日の私服警察官だ。草は濡れ手を拭って出てゆき、奥の事務所へどうぞと促したが、私服警察官はすぐ失礼すると言って軒下から動かない。

草は閉めたガラス戸を背にした。下着と靴下は見つかったかときかれ、首を横に振る。

「そうですか。実は、先日伺ったお話から、佐野元の前の職場を当たってみました」

「何かわかりましたか」

「具体的な話は控えますが、何か起きたことは起きた。しかし、曖昧でしてね。推測の域を出ません。関係者が少なく、実に上司の口が堅い」

強姦の現場は社内、関係者はダッフルコートの彼女と佐野元、それから事件を目撃して示談成立にこぎつけた上司、佐野夫妻、弁護士。そんなところを草は思い描いた。警察に通報していないこと、噂が広まっていないことから察しがつく。被害者の強い意向、企業の体面から、上司の口が堅いのもうなずける。草としても、被害者の意に反してあの荷物を警察へ渡すことはできない。

私服警察官が、自分の白い息が邪魔そうに顔をしかめる。店内を見ていた。

「あの店員さんの車はどこに」

左端です、パジェロです、と草は答えた。横顔に、探るような視線を感じた。中にいる久実に話の内容が伝わらないよう、ずっと雪を見ていた。おそらく久実は警察手帳を見せられたはず。

「パジェロは、いつもお店の前に？」

「時々、銀行や郵便局へ行ってもらいますし」

「そうですか。第二駐車場は利用しない、と。明るくて気立てのいい店員さんですね」

営業中に警察が来るとは思わなかった。何か嗅ぎとったのだろうか。

「我々は物証がほしい。ご理解ください。ご連絡をお待ちしています」

午後、山吹色の化粧箱の追加分が届いた頃には、雪が強くなっていた。

県北から戻ったという男性客が大雪を載せたワゴン車で訪れ、十組ほどいた客がそれを見て続々帰り始めた。予報以上の雪になりそうだと警戒したのだろう。もう直帰だよ、と営業職らしき男性客はコーヒー豆を買い、分厚い雪を載せたままのワゴン車で出てゆく。

店前の駐車場は、濃淡のある轍が幾筋もできて抽象画のようだ。

風が出てきた。あおられた雪がガラスについてはとけて流れる。

佐野家へ出入りしたのを警察に知られたのかなと、ふと草は思った。被害者のアパートならともかく、わざわざ加害者宅を訪ねるなんて、妙に思われてもしかたがない。

「軒下まで来た人は、警察なのよ」

はい、と久実は言ったが、それきり黙って楕円のテーブルから試飲の器を下げている。

気持ちは変わっていないようだ。

「雪でも降ると安心するわ。外で女を襲うわけにもいかないだろうと思ってね」

草は努めて穏やかに言った。本当に、そう思うからだ。ガラス戸から離れ、久実の集めた汚れものを盆ごと引き受けた。

「久実ちゃんは言ったわね。普通でいたい、って」

返事はない。

「沈黙して、人任せにするのが、普通なの?」

使っている水の音しかしない。

優しい言葉をかけるほうがたやすかった。

が、自分の役目とも思えない。平緒里江は二次被害にまで遭っている。横浜にも被害者がいた。このままでは、次の被害者も出るだろう。そうなれば、久実はもっと苦しむ。それを思うと、草は言わずにいられなかった。

「他の人がどうにかしてくれるのを待って、待って、ずーっと待って、結局何も変わらない息苦しい世の中を生きるのも、何もしなかった自分だよ」

ガタン、と風がガラス戸を打った。

私はお草さんみたいに立派じゃないから、と聞こえた。水音にところどころ邪魔されたものの、確かに。

あなたに私の気持ちはわからない、と言われた気分だった。

「久実ちゃんが警察へ届ければ、ここで事件は終わる」

「どうして、なんで、私なんですか!」

久実は顔を伏せ、千本格子の奥へいってしまった。楕円のテーブルに、悔しそうな指跡をくっきりつけた台布巾が残されていた。

がらっとガラス戸が開き、一ノ瀬が入ってきた。

表から様子をうかがっていたのだろう。久実は、ともきかずに台布巾を持ってくる。

「いらっしゃい。話に夢中で、車の音が聞こえなかったわ」

弟の娘を街中の音楽ホールへ迎えに行ったのだが、友だちの家の車に乗って帰っていったという。子供の母親は理容室を半休して演奏会を聴く約束だったものの、客が立て込んで間に合わず、一ノ瀬に頼ったのだそうだ。彼と母親がぎくしゃくしているのだから、一ノ瀬の姪にも子供なりに思うところがあるのだろう。

「明日、雪かきしますよ」

「じゃ、ごはん用意しときます。ありがとう」

一ノ瀬がカウンター席につき、二人して笑う。彼は、どの段階から見ていたのか。今頃になって、草の心臓の鼓動が速くなる。

――久実ちゃんが警察へ届ければ、ここで事件は終わる。

あれを聞いていたなら、未遂だと説明したいところだが、きくにきけない。下手をすれば、何も知らずにいたのに、知らせてしまうはめになる。

雪を踏むタイヤの音がした。

悪路も走れそうな小型車が店前に止まり、車を降りて入ってきたのは、糸屋で見かけた彼女だった。いらっしゃいませと声をかけた草に会釈し、一ノ瀬からひと席空けて座る。なんだよ。いいじゃないの。喫茶店じゃないんだぞ。知ってるわよ、試飲したら豆をいただくわ。ホールには行ったのか。うん、もうあんまり人がいなかった。彼女は雪に濡れた眼鏡の太縁の上から一ノ瀬を見て、コートのポケットから携帯電話を取り出し、明るい画面を向けていた。先に帰った娘からメッセージが入ったらしく、そんな話になる。ゆるくまとめた髪、Vネックセーターの白い首筋に、同性の目にも魅力的な色気が漂う。

まるで倦怠期の夫婦を見ているようで、草はまいってしまった。久実のために一つ咳払いをして、彼女にコーヒーを、一ノ瀬に緑茶を出す。

女は礼を言い、久実ちゃんは、と一ノ瀬にきいた。

面識のある口調に、草は少々驚いた。挑発的にすら感じた。ここまで彼を追ってきて、どうしようというのだろう。

一ノ瀬は気分を害した様子で、彼女を見返していた。

「頼む。おれたちを、自由にしてくれないか」

穏やかなのに、譲歩する気のない態度だった。彼女は眼鏡の奥の目を見開き、一ノ瀬を見たまま凍りついている。

おれたち、とは一ノ瀬と久実のことなのだろう。だが、なぜか草には、一ノ瀬と亡弟のことのようにも聞こえた。草は千本格子の奥へそっと引っ込む。雪はひどい降りで、他の客が現れそうもない。

久実は事務所にも倉庫にもおらず、トイレも無人だった。三和土の通路を自宅の方までいくと、久実の茶色いスニーカーが脱ぎ捨ててあった。久実とは思えない靴のありさまだった。衝動的に上がり込んで、揃えるのを忘れたらしい。明かりのついていない部屋の奥で、物音がする。肩幅ほど開いている障子の陰から見ると、居間の奥の襖が開いており、仏壇の向こうに久実の姿が少し見えた。どうも押し入れを探っているようだ。草は障子の手前の上がり端に腰を下ろした。上がり端の板に手をつくと、冷たさが血にのって身体の中へ流れ込んでくる。スニーカーを揃えようとして、思いとどまる。

玄関引戸のすりガラスから入る外光は雪のため白く明るく、その分、中は普段より薄暗く感じた。操る人のいなくなった大きな輪が横倒しになる様を、草は見た。日がのびたな、と思う。こんな天候で四時も過ぎただろうに、まだ外は変に明るい。風に戸が揺れる。

店に戻ると、一ノ瀬が一人でぼうっとしていた。

「帰ってもらいました。売り上げにならなくて、すみません」

うなずいた草は半ばほっとして、まるで吹雪ね、と応じた。

「久実はレイプされたんでしょうか」

やはり、彼はさっきの話を聞いていたのだった。

未遂だった、と草は答え、ざっと事件の経緯を話した。奥で久実がしていることについては触れなかった。

「久実ちゃんは、あなたにも誰にも言う気がない。人に知られるのを恐れてるの。噂になって、尾ひれがついて、家族やあなたが傷つくこともね。当然だと思う。でも、このばあさんがひどいことを言うのよ。警察へ届けろって」

一ノ瀬は顔色を変えず、顎をもんだり腕を組んだりして、黙って聞いていた。が、やがて大きく息を吐くと、今日のところは聞かなかったことにして帰ります、と出ていった。平然としているように見えたが、本当のところはわからない。

彼の胸中について、草は考えるのをやめにした。

アーモンドの丸ごと入ったチョコレートを小皿に出し、二人分のコーヒーを用意する。チョコレートを一粒ガリゴリと噛み、千本格子のところまで行くと、コーヒー入ったわよー、と奥に向かって大声を張った。

夜にいったん天候は落ち着いたが、明け方からまた断続的に吹雪のような状態が続いている。数日前は雨に変わる予報だったのに、すでに明日の未明まで雪のマークがついて、市内の休校や停電のニュースが流れ始めた。

こうなると、あわててもしかたがない。

綿入りの作務衣を着た草は、日課をあきらめ、家の中から丘陵の観音像や河原の小さな祠、三つ辻の地蔵の方角に向いて手を合わせ、のんびりと開店の準備にかかる。店は開けるが、おそらく雪かきをしては休み、休みがてら事務やこまごました仕事をすることになるだろうなどと考える。由紀乃のところへ電話をすると、電気も来ているし、食べものもあるという。雪国みたいね、と由紀乃の声が少々弾む。

「ごめんなさい、はしゃいじゃって。お店は大変よね」

「まあね。商売あがったり。雪かきしては降りの繰り返しになりそうだし」

久実も襲われたと由紀乃が知ったらと想像すると、草は余計に元気な声を出してしまう。

「でも、また一ノ瀬さんが来てくれるみたいだから。もちろん、久実ちゃんも」

とはいえ、三人が顔をあわせるのは楽な話ではなかった。

久実は出勤して荷物を置くと、すぐに第二駐車場へ車で雪かきに出かけた。あとから来た一ノ瀬はガラス戸から顔を入れ、おはようございます、あっちは久実が始めてますね、と言っただけで、店前の駐車場の雪かきを始めた。

客は来ないと思ったが、傘なしでダウンコートのフードをすっぽり被った二人が入ってきた。とりあえず人が通れる程度に一応と、草が早朝に雪かきをしたところをたどって。ほらね。ほんと、やってたね。うわぁ、あったかい。生き返るー。うれしそうに言って雪を払う姿は、命拾いをしたかのよう。二人は、よく訪れる中年女性だった。

聞けば、こんな雪の日にエアコンが故障して暖がとれなくなったという。ワンルームだからと暖房器具がわりに一口しかないガスコンロの火をつけてみたものの効果が薄かったようで、断熱材けちってるよね、あれじゃ外と変わらない、と笑いあっている。

カウンター席に座った二人は、しっかりあたためた厚手の器のコーヒーを手で包み、湯気まで逃がすまいとするように顔を近づけた。

「今夜も泊まっていい?」

「いいけど、凍死するかも。っていうか、弟のところは」

「ないない。理屈っぽくて。解決策でも提案されたら、ますます疲れる」

「あー、まあね。起きたことは起きたんだし、今さらどうしようもないか」

「一緒に泣いたり怒ったりしてくれたら、それでいいのよ」

泊めてもらっている女性のほうは、左手の薬指に指輪をしていた。草は顔見知りのほうの女性から注文を受け、コーヒー豆を挽いた。豆を少し多めにサービスし、使うというので押し入れに眠っていた二畳分ほどのホットカーペットを渡す。

小降りながら強い風の中へ出てゆく二人を見送っていると、タクシーから降りてきた赤い傘が近づいてきた。つばのある帽子から何から黒ずくめの平緒里江だった。雪かきをしている一ノ瀬に会釈し、軒下の傘立てに傘を置いて、店の中へ入ってくる。

「こんにちは。こんな日にも、お客さんが来るんですね。すごい」

「緒里江さんも、ね。いらっしゃいませ」

きりっとした化粧の顔をゆるませ、そうですよね、と言って可笑しそうに微笑む。

草は、彼女のにこやかな様子にひと安心した。試飲を勧めてコーヒーを落としにかかる。

「東京へ行くことにしました」

帽子を脱いだ緒里江は、長い髪を手櫛で整えつつカウンター席に座り、大きめのバッグを隣の椅子に置く。

「東京って……？」

「引っ越すんです。あの部屋は引き払いました」

草が訪ねてから、幾日も経っていない。

「ずいぶん急なのね。仕事は？」

「旅行会社は辞めました。続けられればよかったですけど、非正規のくせに会社の足を引っぱっていたんじゃ、遠回しに辞めてくれと言われてもしかたないというか。でも、知り合いから別の仕事の話があって。あっ、よくあるヌード写真集とかじゃないですよ。そんな話も来ましたけど、輸入雑貨店のほうがいいなと思って。今度は正社員で、海外へ買いつけに行けるし、仕事仲間は多国籍。いつかお店を持てたらと、そんなことも考えて」

草は熱湯をドリップポットに移して適温まで下げ、コーヒーの粉に湯を注ぐ。

あの部屋のお気に入りのものたちはどうしたの、とたずねた。持っていける分だけ残して、あとは売ったり人にあげたりしたという。今度の部屋は間借りで、家賃が安い分、狭いのだと緒里江が肩をすくめる。

「事件のほうは？」

緒里江は首を横に振り、それきりコーヒーを淹れる草の手元を見ている。逮捕状は出ない。憶測で被害者を叩く声。鬱憤晴らしの落書き、職場への嫌がらせ電話。ほとほと疲れたと彼女は全身で物語っていた。

「どうかしてますよね。被害者が何もかも失うなんて」

ふふっ、と緒里江が笑う。

あきらめたくなるのも当たり前だった。物証を貸し金庫に眠らせて、沈黙している老婆がここにいる。そう考えると、草はやりきれなかった。久実の承諾を得ずに警察へ届けることが、どうしてもできない。結局のところ、身内かわいさ、自分かわいさに、他の人を犠牲にするのか。

引っ越しのあわただしさを明るく話しながらコーヒーを飲んだあと、今までありがとうございました、と頭を下げた緒里江に、草は胸がいっぱいで何も言えなかった。コーヒー豆を挽いて持たせるのが、精一杯だった。降りる時に予約したのか、もうタクシーがそこまで来ている。

表に、雪かき道具を持った久実が帰ってきていた。

緒里江はバッグと赤い傘を持って、雪が風にあおられる中へ駆け出し、久実に飛びつくようにして挨拶した。あれこれ話した末に、タクシーに乗り込む。草も表へ出た。後部座席の窓から、緒里江が手を振る。草は頭を下げた。タクシーが走り出した。久実は雪かき道具を放り出してそのあとを追いかけたが、草は店内へ戻った。久実は前の道路でタクシーが行った方を向いたまま動かなくなり、一ノ瀬は雪かきを中断して久実を見ている。

しばらくして、久実が中へ入ってきた。雪まみれだ。

緒里江から、『学園天国』を温泉で歌えてよかった、あれは昔あいつに僕も好きなんだって言われて舞い上がっちゃった歌だから嫌いになりそうだったけれど、歌い直せてまた好きになれた、ありがとう、と言われたと切れぎれに話す。

それから楕円のテーブルに両手をついて、がっくりとうなだれた。

「被害者なのに……おんなじ被害者なのに、私はどうして……いつから……加害者になったんだろ……」

毛糸帽やダウンコートのフードから、雪が塊になって落ちる。

「私、自分が恐ろしい」

ぼとぼとと音がした。こぼれ落ちたのは、噴き出すようにあふれた涙だった。

一ノ瀬は戸口の外にいるが、中へ入ってこない。草も、久実にどうしてやることもできなかった。そんなことはないと言ってやれば嘘になる。下手な慰めは無意味だ。

固定電話が鳴った。

草が出ると、近所の幸子からの電話だった。ねえ、聞いた？　それが第一声だった。

昨夜佐野先生のお宅にパトカーが来たんだそうよ、サイレンを鳴らさずに、と幸子が続ける。

「本当ですか」

何事か起きていよいよ逮捕かと、草は身構えた。

「それがね、佐野さんのお宅、窓からハンマーが投げ込まれたんですって。どうも登山用のハンマーらしくてね、奥さんが額に怪我をしたらしい――」

自分が殴られでもしたように、頭が真っ白になった。

戸口を見ると、まだ一ノ瀬が外にいた。ガラス戸越しに、久実を見つめている。

カウンターに、つばのある黒い帽子が置いてあった。緒里江が脱いでいった帽子だった。草はカウンター内の隅にある小さな置き時計を見たが、彼女が行ってから十五分経ったのか二十分経ったのか定かでなかった。いずれにしろ、間に合いそうにない。

耳から離した受話器を通じて、少々興奮した幸子の声がまだ聞こえている。

第五章　黄色い実

一ノ瀬が、おかわりがほしいと空の飯茶碗を差し出す。

「それ、おれのハンマーです」

どういう神経なの——草は、開いた口がふさがらなかった。飯茶碗を受け取ったものの、炊飯器のある台所まで往復する気になれない。

「一ノ瀬さん、あなた」

そこまで言って、草は声を抑えた。店の方に久実がいる。小一時間前の幸子の電話については、とても久実に話せなかった。

「昨夜、佐野さんのお宅まで行って登山用のハンマーを投げ込んだわけ？　いくら久実ちゃんのことだからって、そんなことしたって、しょうがないじゃないの。百合子さんの怪我が大したことないったって犯罪よ、犯罪。そんなことして、誰が喜ぶの？」

やつですよ、と答えた一ノ瀬は、頂戴します、と草の手から飯茶碗をとり、自分でおかわりをよそってきた。染付の深鉢に残っていた煮物の大根を、丁寧に箸で割り、その片割れに豚肉を一かけのせて頬張る。さらに、ご飯を一口。落ち着きはらった様子を見ているうちに、草はかっかしている自分が的外れに思えてきた。

「ハンマーは、あの男の仕業？」

「でしょうね。おれは、やつに自首を迫っただけです」

直接自首を迫ったと聞き、草はぎょっとした。

久実があの状態じゃ他に手がありません、と一ノ瀬は冷静だ。

昨夜午後八時頃、一ノ瀬はドアホンを押し、応対に出てきた百合子にかまわず家に上がり込んで、佐野元を表まで引きずり出し、自分の四輪駆動車に乗せた。おれの顔は知ってるな、自分のしでかしたことに覚えがあるなら自首しろ、とだいぶ荒っぽく迫ったが、結局、元は他人事のような顔をして車を降りていったという。佐野教授は不在だったらしい。

「同じ高校だったと、やつはわかっています。おれを見て、あだ名を口にしましたから」

謎男、と草が言うと、一ノ瀬は片眉を吊り上げ、なんで知ってるんだという顔をした。

「同窓生なのね」

「ええ。おれのほうは、最近知りました。話したのも、今回が初めてです。おれは登山のために、重いザックを背負って通学したり、校舎の外壁でロープワークをしたりで変人扱いでしたから、学年が違っても、あいつは知っていたんでしょう」

「とすると、ハンマーは車から盗まれたのね」

「おそらく。あとで確認してみます」

一ノ瀬の箸は、漬け物、ご飯、蕗味噌を小気味よく口へ運ぶ。おれの指紋ついてるし、やばいな。そうつぶやくわりに、心底困っているように見えない。

「おかしな人ねえ」

草が破顔すると、一ノ瀬も笑い、ズボンのポケットから二つ折りの革財布を取り出し、名刺をつまみ出した。

「すみませんが、弁護士の連絡先を控えておいていただけますか。友人です」

「わかったわ。連絡しないで済めばいいけど」

例によって懐から出した老眼鏡をかけた草は、手帳に連絡先を書き写した。次の手段を用意する一ノ瀬の考え方が、草には好ましかった。

「彼氏なら、もっとカーッとするものだと思ってたわ」

「おれは、そんなにおかしいですか」

「さあね。私もおかしいといえば、おかしいけど。あの状態の久実ちゃんに、伝票整理なんか言いつけて」

一ノ瀬は、残っていた果物入りのヨーグルトを食べ始めた。平緒里江を見送って落ち込む久実とは言葉を交わさずに、裏の玄関から入って食事をしているのだった。

「それにしても、ずいぶん落ち着いてるわね」

「やつに対して怒ればいいのかもしれませんが、やけに腑に落ちたというか」

「腑に落ちた？」

「暮れからこっち、久実が腹の底でずっと怒っているような感じだったから。なんだ、おれのことじゃなくて、そっちか、と。しかも、未遂。鍛えてるだけあるな」

一ノ瀬が、口元に笑みを浮かべる。目は笑っていない。感情を抑え、何ができるか冷静に考えようとしている顔だ。ふふっ、と草もまた笑ってしまう。未遂で命もある久実のことを喜ばずして何なのかと思った。そう思うと不思議に、身体の余分な力が抜けてくる。

「まったく、なんで久実ちゃんなのかしら」

「襲う前に調べろよ」

一ノ瀬の言うように、元スキー選手という久実の経歴を知れば、佐野元は手を出さなかったかもしれなかった。久実だから未遂で済んだともいえる。

縁側のガラス戸の方を見ると、細かな雪が風に吹き上げられ、頼りなく舞っていた。

草は緑茶を注ぎ足し、一ノ瀬が熱そうに啜る。

「やみそうでやまないわね」

「雪だるまのでかいの、作ってるだろうな」

「ああ、あんごうすいはんの子供たち？」

「ええ」

草は話しながら、別の景色を見ていた。新幹線の車窓からの雪だ。東京まで一時間弱。

に。

その切符を手にするまでに、平緒里江には耐え、考え、行動した二か月近い孤独な時間があるのだった。急なのねなんて言って悪かったな、と思う。だが、もう彼女には届かない。この街から出ていってしまった。多くの大切なものを失って。あのマナコのように。

雪の静けさを、千本格子の戸の開く音が破った。複数人の男の声と靴音が、遠慮なしに近づいてくる。草は一ノ瀬と顔を見合わせた。ちょっと待ってください、と久実の必死な声がする。

警察署の一階の長椅子で、草は久実と待ち続けていた。

小蔵屋の閉店後にしびれを切らせて来てはみたものの、一ノ瀬に対する任意の事情聴取は続いており、終わる気配はなかった。彼の友人の弁護士は東京に事務所があり、雪で東海道新幹線が止まって出張先の名古屋から帰れず、埒があかない。思い立って、草は自分の弁護士のところへも連絡し、伝言を残したものの、折り返しの電話はまだだ。一ノ瀬がすべてを知った上で佐野元に自首を迫ったことを、すでに久実にも話して聞かせてある。

それでもまだ久実は、強姦未遂事件について警察へ届けるか、やめるか、態度を決めかね、草の隣で頭を抱えている。

「どうしたら……。公介も、公介の家も関係ないのに……」

時折漏れる言葉に、迷いが如実に表れていた。自分が警察へ届ければ、かえって一ノ瀬にハンマーを投げ込むだけの動機があったことになってしまうかもしれず、さらに逮捕となれば、梅の一富への影響まで出かねないとも考えるのだろう。

先日草を車に乗せた私服警察官が、階段を下りてきた。草は長椅子から離れ、様子をたずねた。彼は担当外だと断らず、辺りを見回して声をひそめた。

「佐野さんの家に行ったことは認めました。しかし、ハンマーを投げ込んだ覚えはないと」

「警察の方が小蔵屋にいらした時も、一ノ瀬さんはそう言っていましたよ」

「なるほど。あとは黙秘のようで」

一ノ瀬は、久実を守るほうを選んだのだ。聴取に応じ続ければ、久実の強姦未遂事件に触れなければならない。

「このまま逮捕というようなことは？」

「物証は強いですからね」

含みを持たせた言い方だった。私服警察官が口にした物証とは、ハンマーであり、下着と靴下に違いなかった。感情抜きの眼が、草を、久実を探る。

草は、弁護士が遅れている事情を話し、一ノ瀬にも伝えてくれるよう頼んだ。

「弁護士なら、今、下りてきますよ」

「え？」

もう階段から靴音がしており、背広にコートを羽織った男が二人現れた。

背広の襟に弁護士バッジを光らせた男は、私服警察官を壁際へ呼んだ。

もう一人は一ノ瀬に顔立ちがよく似ており、一ノ瀬の背広姿を思わせた。この場の雰囲気から何か感じとったらしく、草と久実を一瞥すると、

「公介のことは、おかまいなく。お引き取りください」

と、頭を下げてから出ていく。

またやっかいな女を。開いたドアから吹き込む風雪にのって、そう聞こえた。

警察から、一ノ瀬の実家へ連絡がいったのだ。

誰も彼も、佐野元の容疑と一ノ瀬の容疑を関連づけて動いていた。容疑者二人をつなぐのは、小蔵屋の若い従業員、森野久実に他ならない。

その久実は長椅子から立ち上がっており、一ノ瀬の長兄か次兄だろう男が行った方を呆然と見ていた。

「ねえ、久実ちゃん。帰ろう」

「……はい」

久実は滑らないように草の支えになって車まで歩き、草は一時停止や赤信号でうっかりしないように助手席で目を配る。

雪のせいなのだろう。ファミリーレストランや大型の焼肉店などが軒並み閉まっており、沿道はいやに暗かった。除雪が間に合わないようで、国道も白く、少ない車が低速

で進む。ヘッドライトの中を雪が塵のようにふわふわと流れ、ワイパーが眠たげに往復する。雪国のような光景も、車で走る夜も、夢の中のように現実味を欠いていた。空っぽの胃袋だけが、草には確かなことに思えた。

小蔵屋に帰ると、エアコンをつけておいた居間があたたかかった。

とにかく何か食べようと、草は冷蔵庫からゆでうどんやだし汁、冷凍の鶏肉、油揚げ、卵、小松菜、長葱などのあり合わせの具を取り出し、土鍋ひとつに二人分の鍋焼きうどんをこしらえた。すりおろし生姜、刻み柚子、とろろ昆布を小皿で添える。久実も手伝い、先に草の分を塗りの椀に取り分ける。

「公介……何か食べましたかね」

「かつ丼」

草の冗談に、はは、と力なく笑った久実は、涙目で自分の分をよそう。

「一ノ瀬さんね、ここで言っていたとおり、佐野さんの家に行ったことは認めたけれど、ハンマーを投げ込んだ覚えはないと答えているそうよ。あとは黙秘」

久実の唇が震えている。草は努めて、平然と続けた。

「下手な心配、休むに似たり」

「そうですね。いただきます」

「はい、いただきます」

誰も傷つかない方法など、ありはしない。

「問題を間違えないでちょうだい。犯人を放置するか、逮捕させるか。事は単純なのよ」

被害届を出すかどうかは、久実が選択するしかない。そんなことは、久実も重々承知しているはず。そう思うと、これ以上、草にも言うべき言葉がなかった。

おかわりをよそう久実が、うちは平凡な家族なんです、と言った。

「緒里江さんの事件が話題になった時、結婚もまだなんだろ、って父が。そしたら母が、かわいそうにねえ、って。兄は奥さんから、あたしがあんな目に遭ったらどうする、ってきかれて黙りこくって、まさか汚いとか思っちゃうわけ、やだ嘘でしょう、なんて責められて。笑っちゃいますよね」

――またやっかいな女を。

佐野元に襲われたことを一ノ瀬に知られ、一ノ瀬の家族にも勘づかれた。

この上、自分の家族にまで知られ、無責任な噂によってさらし者になることが、普通を望む久実にとってどれほど苦痛か。久実の立場になっていろいろ思えば、もういい、と言ってしまいそうになる。草は何か言うかわりに、うどんを啜る。

食事の後片づけをしながら、久実に今夜泊まるかときいた。もう十時を回っている。久実がうなずく。洗い物をする背中がしぼんで見える。

草は少し使った柚子を二つ割りにして、七宝柄――円を四分の一ずつ規則的に重ね連ねた模様――の桃色のハンカチにくるみ、湯を張った浴槽に放り込んだ。長い耳のウサギのような形になった柚子が、湯船を漂う。例年なら柚子の皮を乾燥させて作る由紀乃の手製の入浴剤があるのだが、この冬はいろいろと違った。

寝間着浴衣を持った久実が先に浴室へ行ったあと、お草さん、と玄関先で男の声がした。

草が出ていくと、鍋を持った寺田が普段着で立っていた。寺田の斜め後ろには一ノ瀬が、その後ろには佐野教授がいる。

「由紀乃さんから会社に電話があって、一ノ瀬さんが警察に連れていかれたらしい、七時過ぎに何回も小蔵屋へ電話したけど出ないから何かあったんだと、えらく心配して。まっ、よかった。帰ってきたなら」

寺田が、草と佐野教授の顔を見比べる。何があったのかきこうにもきけないと顔に書いてある。が、話のほうは続いていた。雪による遅配で残業になった寺田は、父親の経営するレストランで夕食をかき込み、悪天候の影響で余った煮込み料理をもらってきたという。それで、小蔵屋前の駐車場にいた一ノ瀬たちに出くわしたのだった。

由紀乃は誰からか騒ぎを聞き、草へ直接電話するのを控え、寺田を頼って運送会社の連絡先を調べたのだ。草は心配をかけて申し訳ないと思った。

「寒いから、とにかく中へ」

寺田と一ノ瀬は中へ入ったが、佐野教授は深々と頭を下げるとダウンコートのフードを被って背中を向けた。表へ出た草は、なんとか佐野教授の腕を捕まえた。

「待ってください」

色白でホクロの多い、逆三角形の顔が振り返る。目深に被ったフードの際に、すっとした目が覗く。佐野元がだぶり、草はその無表情を不気味に感じた。

「妻に被害届を取り下げさせました。この雪で昨日の帰宅が今日になりまして。すみませんでした。失礼します」

これ以上話す気はない、そういう言い方だった。

草は手を離すより他なかった。佐野教授の姿は見えなくなり、やがて車のエンジン音がして遠ざかった。

私がいたら、妻にこんなことはさせなかった。

佐野教授の言葉は、そういう意味にもとれた。

教授の留守中に、元がハンマー騒ぎを起こし、百合子が息子の言うなりになって警察へ届けたのだろう。息子のほうは一ノ瀬への腹いせついでに、家と母親を傷つけられた被害者を装える。一時的にせよ、気分がすっきりし、ほくそえんだのかもしれない。だが、佐野教授が被害届を取り下げさせるようでは、警察はさらに佐野元を注視する。あの男の衝動的な自滅行為に、底知れないものを草は感じた。警察へ出向き、一ノ瀬を車のある小蔵屋まで送ってきた佐野教授の胸中を思った。

「あの家に、帰るのね……」

中へ戻ると、炬燵では寺田が由紀乃に電話をし、一ノ瀬がお茶を啜っており、台所では久実が涙を拭いながら鍋をあたためていた。草は電話をかわって由紀乃に心配をかけたと詫び、後日ゆっくり説明するから今日のところは安心して、と話した。由紀乃は、夕方玄関先まで雪かきをしてくれたご近所が騒ぎを教えてくれ、小蔵屋に出入りする若い男といえば一ノ瀬しかいないと思ったのだと言い、みんながそこに揃ったのなら安心したと電話を切った。

台所を背にして座った草は、炬燵の上に箱を置いた。前の職場の被害者から送られてきたと思われる、便箋一枚と割れた器などが入った例の箱だ。

向かいにいる寺田に、おおまかな経緯を話した。寺田は箱の中の手紙を広げ、繰り返し指で文字を追いつつ読んだ。同性に片思いしていた被害者と、相手のその女性を僕も好きだと言って近づいた佐野元の関係を呑み込むのに、多少時間が要った様子だった。

やがて、寺田は眉を開き、顔をほころばせた。

「しかし、直接自首を迫るなんて、一ノ瀬さんは男気があるな。なあ、久実ちゃん」

炬燵の角を挟んで草の左に座っている久実は、湯呑みを頼みにしているかのように両手で包み、うつむいている。

草が寺田にした話には、久実の事件が欠けていた。

自首を迫った一ノ瀬と、連続強姦事件を起こした佐野元の間の接点は、久実だ。とすれば、久実も被害者なのではないかと考えるのが当然。久実のことを避ければ避けるほど、寺田は未遂とは思わないだろう。かといって、草も久実を差しおいて話すわけにはいかない。

久実が顔を上げて、寺田を見た。

「娘さんがレイプされたら、警察に被害届を出させますか」

真顔の問いかけに、寺田は腕組みをして唸ったきり返事をしない。

久実は唇を引き結んだ。それから感情をこらえるようにして、またきいた。

「未遂なら？」

寺田が、草と一ノ瀬を見た。一ノ瀬は特に反応せず、草は一つうなずいた。寺田は自分の頬をもんでから、

「未遂だったら、届けなんか出させない」

と、答えたのだった。

味方を得た久実が表情をやわらげた。久実がどういう目に遭ったのか、もう寺田は理解したのだろう。安堵したように、ふうっと深く息をついた。

「だけどな、久実ちゃん。緒里江さんが娘なら、話は別だ。他の被害者が未遂でも届けを出してくれてさえいれば、と思うだろうな」

久実の表情は、たちまち硬くなった。誰だって自分や自分の身内が大事なのさ、と寺田が優しく付け加える。だが、久実はみんなから顔をそむけた。

「あの緒里江さんでさえ負けたんですよ、無責任な噂や、くだらない嫌がらせに。犯人が裁かれたって、私たちは世間に痛めつけられる。大切なものを奪われちゃう。自分だ

けならまだしも、家族やまわりの人たちまで。無理ですよ。耐えられませんよ。勢いで飛び出して、あっ失敗したと思ったって、もとには戻れない。理想じゃ生きられない」

ごちそうさまでした、と一ノ瀬が深皿にスプーンを置いた。

張りつめた空気が、その一言で、ふっとゆるんだ。

一ノ瀬が使っていた食器は、縁の三方から粉砂糖を厚くふりかけたような粉引の深皿に、柄とすくう部分が大体同じ長さの、少々ずんぐりした木製のスプーンだ。皮つきのじゃがいもや肉がごろごろしていた煮込み料理は彼の腹におさまり、黄色味を帯びたスープが器の底に少しだけ残っている。

「弟が死んだのは、道しるべが間違った方へ向けられていたからなんだ」

深皿は、釉薬のかかっていない黒い素地がゆるゆると三方向へと延び、雪の野山の三つ辻に見える。一ノ瀬は、指先でスプーンの柄を動かした。分岐点に置かれたすくう部分を中心にして、柄が時計回りに六十度ほど回った。さきほどまでとは、違う道を差し示した。本来なら道なりに直進すべきものを、道しるべがやや広めの脇道へと誘う。草には、そんなふうに見えた。

「いたずらなのか、何かの弾みなのかはわからない。とにかく、道しるべがずれていた。弟はそのずれた道しるべに従って、迷い、沢へ下り、足を滑らせたんだ」

一ノ瀬は、スプーンの柄を再び指先でもとの方向へ戻した。

「ずれたなら、元へ戻す」

その指は、脇道よりやや細い本来の道を、丁寧に何回かなぞった。

「狭くて頼りない道でも、こっちが確かな道なんだ。大勢で歩けば、踏み固められて、より確からしくなる。前を行く誰かの背中が見える。後ろに、誰かの足音が響いてくる」

一ノ瀬は、残っていたお茶を飲み干した。

「瀬戸際で生きる気力を失わせたのかなとも考えた。兄弟四人、全員で家業に就くと決められていた。だから、学生のうちは好きなことを好きなだけやる。そんな人生だと割り切って、他の選択肢は考えなかった。嫌々だが、そういうもんだと。弟にも言って聞かせた。だけど、弟は性にあわず苦しんだ。学校が苦手で、家庭教師からも逃げて、床屋や写真スタジオに入りびたるようなやつに、会社なんて牢獄だ。あと一時間、もう一呼吸、生き抜くためには他の道が必要だったんだよ、って、眠ってるような死に顔を見ていたらあいつの声が聞こえてきた」

一ノ瀬は、久実だけに語りかけていた。

「迷ったら、高いところへ出るんだ。視界が開ける」

一ノ瀬は木製のスプーンを、自分が使っていた湯吞みの縁に渡してのせた。湯吞みの外に飛び出している柄の、尻のほうを指で軽く弾くと、湯吞みの縁をスプーンの先がすっとなぞり、湯吞みの空間にはまり込んでいるすくう部分を中心に、きれいに回転した。さっきの倍の高さで。深皿や、もっと遠くまで俯瞰できる位置で。

「高いところ？」

「そうだ。高いところ」

久実は柄尻に右手を伸ばし、人差し指で時計の針を回すように動かした。慎重に、何かを占うみたいに恐る恐る。勢いはなかったが、木製のスプーンはバランスを保ち、無事一周した。

そこは、たとえ一人になったとしても、気持ちよく呼吸ができ、見晴らしのいい場所に違いない。自分がどこへ行こうとしているのか、本当はどこへ行きたいのか、そのためにはどの道を選べばいいのか、きっと教えてくれる。

草は目を閉じ、静かに深呼吸した。

久実は翌日、強姦未遂事件の被害届を、証拠品の下着や靴下とともに警察へ提出した。数回にわたる事情聴取、現場検証には女性の警察官が立ち会った。久実本人による再三の強い要求が認められた形だ。草は自分の弁護士を通じて、性犯罪に明るい弁護士を久実につけてもらった。

被害届を出すと決めてからの久実は、見違えるほど、きりっとしていた。

「山スキーの気分なんです。ゲレンデと違って、まるっきり自然が相手ですからね。難しいけど、滑れるってとこ、みんなに見せたいじゃないですか」

久実は装備を整え、自力で山を登り、雪の斜面を一人滑り始めたのだ。自分自身と、たどれる。

麓で待つ人たちのために。いずれ季節がよくなれば、歩ける山になる。当たり前の道が

そんな久実を、配達に来た寺田がまぶしそうに見た。

「やっぱりアスリートだな」

現場検証のあった日には、土地の所有者として立ち会った幸子が警察官らと久実を眺めつつ、ぶるぶると身体を震わせた。

「やあだ、知らなかった。小蔵屋の店員さんまで襲われたなんて。やっぱり、佐野さんの息子さんが犯人なんでしょう？」

「その辺は警察が」

草は努めて明るく言う。

「いずれにしても、未遂で済んで運がよかったと思って」

「ねえ、警察に届けたりしないで、黙ってたほうがよかったんじゃないの」

返事のかわりに、草は微笑む。

「だって、お嫁入り前でしょう。変な噂でも立ったら――」

「そうそう、この前は女性の警察官が一人もいなくて、やだわって幸子さんも言ってたでしょう。本当にそのとおりで。おかげさまで、今回はなんとか立ち会ってもらえました。これからも味方になってやってください。よろしくお願いします」

草は、隣にいる幸子に頭を下げた。

それから数日して、警察から連絡が入った。

久実が携帯電話のマイク部分を指で押さえ、逮捕状が出たそうです、と言った。閉店時間を過ぎ、店の明かりは大半を落としてある。もう久実はダウンジャケットを着て帰るところだった。今は電話を終え、携帯電話を楕円のテーブルに置き、放心している。風にガラス戸がガタガタと鳴る。変な人形相手に再現させられるんですよ、信じられます？　そう言った日のあきれ顔。写真撮られてこっちが犯人みたい、と肩をすくめて苦笑した日。警察に何をきかれたのか、何一つ語らない日もあった。いろいろ思い出して、草は声をかけがたく、ミルクと砂糖たっぷりのコーヒーを一緒に飲むくらいしかできない。裁判まで考えれば、まだ先は長い。

弁護士からも同様の報告が入り、久実は自分の携帯電話を草にも聞こえるようにスピーカー状態に切りかえた。ひととおり話したあと、おかしな質問かもしれませんけど、と不安げな顔をする。

「逮捕状が出たら、逮捕されるんですよね」

もちろん、と弁護士が答える。

「必ず？」

少なくとも逮捕状が出て逮捕されなかった例を私は知りませんね、と返事があった。声が微笑んでいる。よかった、と久実がほっと息をついた。傍らに座っている草が弁護士に礼を述べ、引き続きよろしくお願いしますと伝えると、久実は電話を切った。

「コーヒーごちそうさまでした。帰ります」

久実の家族は当初、警察への届け出に反対だったが、やがて父親——久実に言わせれば、意外にも——と義姉が理解を示し、味方になったそうだ。

「お疲れさま。安全運転でね」

ふいに久実が目を剝いた。草の肩ごしに外を見ていた。身を守るかのようにバッグを胸に抱え、椅子から立ち上がる。草も立ち上がった。身体ごと向き直って久実の視線の先を追うと、ガラス戸の向こうに佐野元がいた。店前の薄暗い駐車場の中ほどに立ち、こちらを見ている。黒っぽい服装のためか、逆三角形の顔ばかりが白く浮かび上がっていた。

「久実ちゃんは、帰りなさい」

「でも、それじゃ、お草さんが……」

「びくびくすることない。帰るのよ、久実ちゃん。小蔵屋は、そういう時間なんだから」

草は久実の背中をぽんと叩き、ガラス戸を開け、左手の方に駐車してあるパジェロへと久実を押し出した。その途中、会計カウンターから固定電話の子機を取った。パジェロが店前の駐車場を出るまで、佐野元から目を離さなかった。小蔵屋を背にして「110」まで押し、発信ボタンに親指をかける。夜に浮かぶ白い顔が、初めて微笑んだ。何を考えているのか、何をしに来たのか、草には想像もつかない。別に知りたくもなかった。相手の好きなもので釣って、相手を好きなものごと目茶苦茶にして、のちも観察する。その暗い悦びは、底無しの沼のように佐野元の足元に広がっている。事実だけで充分だ。

好きって、何？

そう聞こえた。あるいは風の音かもしれなかったが、それにしては、ねばっこく耳に残っていた。草は聞き返さなかったし、答えもしなかった。

久実から電話がかかって来た時には、佐野元は自宅の方向へ消えていた。

翌朝、佐野元は逮捕された。

その一報は、たまたま目撃した幸子から興奮とともにもたらされた。

「佐野さんとこの前に、車が二台停まってた。出勤時間にあわせたのね。ドラマと違って、実際は静かよ。ご近所は、ごみ当番の渡辺さんしか気づかなかったんだから。私だって渡辺さんから電話がなかったら——」

開店前の掃除中に、草と久実は箒や雑巾を持ったまま、その話を聞いたのだった。

逮捕後、佐野元は犯行を認めた。連続強姦事件は、地方紙だけでなく全国紙にも記事が載り、テレビでもニュースとなった。被害者としてあげられたのは、平緒里江。久実は、氏名が弁護士を通じて伏せられ、「他の被害女性」として報道された。もっとも世間の目は、乱高下する株価と気温、国策捜査とも揶揄される新党幹部逮捕、若手実力派女優の奔放な恋愛と言動といった、マスメディアが大きく扱う話題に注がれている。

それでも、人の口に戸は立てられない。

久実を見て、あの人だってば、と連れを肘でつつく客が今日もいる。カウンターの奥まで聞こえるのだから、会計カウンターにいる久実にも当然聞こえる。

その二人連れが店を出ていくと、久実が宙を仰いだ。辛かったわね、と客に涙ぐまれた昨日と同じ表情だ。伝票に草の受領印をもらった寺田が、

「塩まくか」

と、軽い調子で言った。

カウンターにいた客二人は噴き出し、和食器売場や楕円のテーブルにいた他の数人の客は反応しなかった。草は久実と顔を見合せ、微笑む。

カウンターの客の一人は、佐野元の転職の世話をやいた常連。逮捕された日の晩に草に会いにきて、関わったことが悔やまれるけどしかたないね、と互いをなぐさめるかのように言ったものだ。もう一人の客は、平緒里江に対する無責任な噂話に辟易した折、ふと目があって無言のうちに微笑みを交わした主婦。草が覚えていたのは主婦の顔ではなく、結婚指輪をしている、大きくごつごつとした樹木のような手だった。

寺田が、カウンター席から見えにくい場所に置いてあるノートパソコンに目をやった。

「なんですか、それ。すごい長文」

「ああ、ちょっと町内会の。これで、がんばるのよ」

草が両手の人差し指と親指を立てて、不器用に文字キーを押して変換するまねをすると、くすくすと笑いが漂う。久実も笑っている。

午後、草は遅めの昼休みをとり、でき上がった書類を町会長へ届けた。

帰り道、小さな公園に立ち寄った。寒すぎるからか、誰もいない。球形のジャングルジムのような回転遊具に、大判のショールと愛用の蝙蝠傘をかけ、手を伸ばしてとりついてみる。金属棒の冷たさが素手から腕へと走る。危ないと言われつつ残っている古い遊具は、体重をかけて右へ回すとそろりと動き出し、草履の片足を慎重にのせると草の身体ごとゆっくり半回転した。和装コートを着ていても、襟や裾口から、乾いて切れるような寒風が入り込む。

ひと演技終えたいつかの大道芸人の気分で、草は地面に足を下ろした。遊具から離した手を軽く振ってほぐす。ほんの何秒かバランスをとり、痩せた老体を支えるだけで、肩や手が痛んだ。

こうしてみると、直径が背丈ほどもある金属製の輪を、あんなふうに身体一つで操るのは至難の技だと身に沁みてわかる。車輪のように回転させる場合には、つかんだ部分も地面につくわけで、うっかりすれば、輪と身体の重みで指がつぶれる。優雅な軌道を描いて移動したり、ある場所では独楽（こま）のように回ったりというあれは、日頃の鍛錬がなんでもないことのように見せるのだ。

すぐそこの家の向こうに、町会長の家の赤い屋根が、さらにその向こうに佐野家の青い屋根の端が見える。

　昨年十月に選出された新しい町会長は、佐野元の事件に少なからずショックを受けていた。保険会社の代理店を営みながら、一男一女を産み育てあげた彼女は言った。

──うちの子供たちだって、被害者や加害者になったかもしれません。

　その言葉を草は思い出し、目の前がいくらか明るくなったように感じた。

　帰りに蝙蝠傘をつきながら佐野家を回ってみると、厚いカーテンは開いてレースカーテンだけになり、唸る換気扇から料理のにおいが漂っていた。

　早朝の日課で歩くついでに、あるいは由紀乃の家まで往復する際に表の方から眺めたことはあったが、その時は厚手のカーテンまで閉め切られ、家自体が息をひそめているかのようだったから、人の気配がする佐野家を見るのは逮捕以来初めてだった。といっても、逮捕からまだ一週間も経っていない。

　家の前へ回ると、佐野教授が帰ってきたところだった。そこのクリーニング店から引き取ってきたらしい、たくさんの衣服を抱えている。ハンガー仕上げのワイシャツなどがビニールカバーごと地面を引きずられているものだから、草は近づいて裾を持ち、土埃を払った。草を見た佐野教授は目を見開いた。

「ああ、どうもすみません」

「いえ」

「本当に、いろいろと申し訳ありません」

交わした言葉はそれだけだ。草はなりゆきで、玄関までついて歩くことになった。

衣類を玄関の上がり端へ置いた佐野教授は、またあらためて詫びて深々と頭を下げ、どうぞ、と言った。

上がり込みたかったわけではない草はためらったが、百合子もおりませんから、と言われ、草履を脱ぐ気になった。

「百合子は埼玉の実家で暮らすことになりました。大きな神社で何かと人手が要るから、迎え入れてもらえましてね。母親の部屋で寝起きしているようです。義母（はは）は九十を過ぎても頭のほうはしっかりしていますから、百合子のいい話し相手になってくれると思います」

「じゃ、先生がお料理を？」

「ええ。ラーメンです。ああやって、大鍋でスープから作るのが、昔からの趣味で。しかし、久し振りだから、うまくいくかどうか。それでも火を使うと、空気を入れかえますし、煮込む間にあれこれ思いついて、ぼうっとしてもいられず、身体に血がめぐりますね」

先に立って草を食卓まで案内し、緑茶を出すまで、佐野教授はそんな話をした。

顔も、部屋も、きれいにしたばかりなのだろう。なんだか、こざっぱりしている。

以前百合子に通された明るい洞窟のような居間も、引戸が開け放ってあり、食卓からよく見えた。キッチンカウンターの向こうの深い鍋は、蓋がとられ、もう火は消してある。でき上がったスープを少し休ませているらしい。

頬がこけているにせよ、二月と三月分が縦に並ぶ壁掛けカレンダーの講演予定などに軒並み「×」がついているにせよ、佐野教授が日常を取り戻そうとしている様子に、草は幾分ほっとした。右手の庭に面した掃き出し窓から日が差し、とても明るい。この寒さの中で咲く黄色い花が、レースカーテンの向こうに見える。水仙の類だろうか。

庭を正面に見ている佐野教授が、まぶしそうに目を細めた。

「何か変だと気づいた最初は、ラーメンのスープでした。鶏ガラや野菜を取り出していたところに、電話が入りましてね。続きを百合子に頼んだ。翌朝、生ごみ用のごみ箱を見て、おやっと思いました。鶏ガラや野菜を入れたレジ袋の中に、息子の上履きが片方入っていたんです。小六でしたが、古いものだったらしく、サイズは小さかった。持ってみると、スープでずっしり重い。百合子がスープから上履きを引き上げた晩、僕は家で学生たちにそのラーメンを振るまったわけです」

スープのにおいの中でその話を聴くと、胃から酸っぱいものがこみ上げてくるようだった。草は唾を飲み込んだ。

「こんなこともありました。友人の家族とロッジに泊まった時、友人の娘がいなくなって大騒ぎになった。結局、三時間ほどして近くの畑の農機具小屋で見つかったのですが、外から閂（かんぬき）がかかっていて、誰かに閉じ込められたようでした。畑は赤土の道の先にあった。女の子の発見前から、息子のスニーカーは赤土で汚れていました。ロッジに残っていたはずなのに、です。百合子も気づいたらしく、人目を避けて、必死に息子の靴の汚れを落としていた。友人の娘が当時十歳、息子は中二。何があったのかは、未だにわかりません」

「きかなかったんですか」

「きけませんでした。相手は中二の息子に、友人の小さな娘です。あの時の私には、とても……」

佐野教授は寒気を覚えたかのように、ぶるっと首を横に振った。

「ご友人は？」

「どうでしょう。いずれにしても、だんだん疎遠になりました。我が家ではその後、心身を健やかにと願って息子に合気道を習わせたのですが、結局、それも無駄だった」

襲われた久実によれば、佐野元は予想外に強かったわけで、裏目に出たとも言える。

「次第に医療的手立て、つまり何らかの治療が必要なのだと考えるようになりました。性依存症、性嗜好障害といった言葉が頭をよぎった」

いろいろと問題が起きたのだろう。ある時は目をつむり、ある時は尻拭いをし、またある時は息子をめぐって争ってきた佐野夫妻の姿が草の目に浮かぶ。

「ですが、本人は病識がない。もう社会人です。病気だという自覚がなければ、病院へ連れていきようもありません。まして、百合子に至っては通院が選択肢にない。身体と同じように精神も病む。鬱病や過食症なら理解できるだろ。同じだよ。家庭だけでどうにかできる話じゃない。そういくら説得しても、まったく聞く耳を持たない。時には、妻を怒鳴りつけ、手も上げました。横浜から息子が帰ってくることも、なんのかんのと条件をつけて拒んだ。専門病院へ通院させるチャンスだと思ったからです。しかし、通じなかった。あなたには愛情がない、愛情がないからあの子を信じられないのだと百合子は……。結局、何もかも壊れてしまった」

佐野教授は自分自身を、無力です、恥じています、とも言った。その横顔からは、感情が抜け落ちていた。事件から間もない頃の、平緒里江の無表情が重なる。何もかも壊れてしまったのなら、佐野元にもう帰る場所はないのかもしれない。

「壊れて当たり前ですよ、先生」

佐野教授が草を見た。

「そうでなければ、まだ続いていたわけですから」

黙り込んだ佐野教授は、やがて薄く微笑んだ。

草は、駅のホテルで行われていた講演と対談を思い出した。

確かテーマは「地域経済と医療」だった。

テーブルの端に積み上げられている複数の資料の一つと、同じタイトルだ。

駅のホテルでは、佐野教授の他に、草の知らない精神医学博士の名が掲示されていた。参加したかかりつけ医の話を不思議と覚えている。医療を充実させれば雇用が増えるといった手の話ではなく、根深い問題なのに置き去りの感がある精神医療を充実させる町づくりが、働き手としての患者や家族、ひいては地域の人々を支え、地域経済の安定につながる、そんな話だった。

佐野元の帰郷に手を貸したことが悔やまれた。だが、今さら何を言ってもしかたがない。事件は連続して起き、被害者たちは今も苦しんでいる。次の被害者を出さずに済んだことが、唯一の救いだ。

緑茶を飲み干した草は、資料を一部もらい、店があるからと暇（いとま）を告げた。


この冬の何度目かの雪を、久実が眺めている。

「クリスマスもバレンタインデーもなかったな」

ほとんど独り言だった。手には、近所の客から返却されたホットカーペットと、お礼の箱入りチョコレートを持っている。例の事件でクリスマスは一ノ瀬と会う気になれず、被害届を出したせいでバレンタインデーどころではなかったことを、チョコレートを見て思い出したのだろう。

「そのチョコレート、一ノ瀬さんと二人で食べて」

「いいんですか。ありがとうございます」

こういう時の久実は、実に気持ちのいい返事をする。

開店まで十五分ほど。草は倉庫から持ち出した荷物を楕円のテーブルに広げていた。

「久実ちゃん。これ、どう思う？」

荷物の中身は、商品見本だ。

梱包材をほどくと、青いハッカ飴を思わせる濃い水色の器が五つ出てきた。ある程度の深さがある楕円の皿が大小二枚、汁物やご飯をよそうのによい円筒形の器が大小二つ、さらに箸置きにもなる小皿。付属の箸と四角い盆を加えて並べれば、一人分の食器セットになる。

「うわっ、北欧の食器みたい。いいですね」

久実がホットカーペットやチョコレートを置き、器に吸いよせられ、上から横からなめるように見て、手にとる。

「でしょう。長崎の工房と協力して作ったセットなの」

あのフリーカップの、と豆形砂糖と組ませて販売しているフリーカップの一つを久実が指差す。草はうなずいた。日用雑器の分業・量産体制が整っている土地柄を活かしたその工房の商品は、色が面白く、小蔵屋を始めて数年経った頃に仕入れの旅で出会って以来の付き合いになる。

「お盆とお箸は、先方の仕事仲間の商品でね。器から何からどれも既製品だけれど、組み合わせが小蔵屋のオリジナルってわけ。器を全部重ねると」

草は、大小の楕円の皿を重ね、その上の右側に汁物やご飯用の円筒形の器を重ね置き、さらに小さな円筒形の器の上に小皿を蓋のようにして載せた。

「これ、なんだと思う?」

「あっ、船」

「ご名答。商品名は、こうしようかと」

先だって毛筆で『船出』と書いておいた半紙を、草は披露した。

「前に、お食い初めにはやっぱり割れない食器が一番よねって、お客さんがいてね。うなずいたものの、ずっと引っかかってたの」

割れてもいいってことですか、と久実が言う。自然でしょ、と草は答えて続けた。

「大事にしたって、しなくたって、割れる。割れるから、大事に扱う」

うんうんとうなずいた久実は、草の言葉を繰り返し、重ねてあった器を一つ一つテーブルの上へばらしていった。

「そりゃ、これは人生の門出にいろいろな願いを込めて贈る器のつもりよ。だけど、いつかは割れる。だから、セットで使い始めて、たとえ最後の一つになっても他の食器と一緒に使える、全部なくしても船の形を覚えてる、そんな商品にしてみたかったの。別に、お食い初め限定ってわけじゃなくてね」

「船出か。一人暮らしを始める人へ贈るとか、新婚さんが色違いで使うとか」

「そう。今のところ五色。だから、たとえば引っ越しを機に、家族の人数分色違いで揃えて、その日の気分で自由自在に組み合わせて使っても面白いと思ってね」

色見本を兼ねて送られてきた他の色の小皿を、草は見せた。どれも、どことなく透明感のある色合いだ。練乳のような白、木苺・オリーブオイル・カラメルを連想させる赤、黄緑、焦げ茶色。

「まずは春の入学、就職シーズン向けですね。和食器なのにポップで、ジューシーな色のせいか落ち着きもあって。重ねて置けば、場所も取らないし。ただ、値段が高そう」

久実の意見を取り入れ、安めに提供できるよう、木製の盆と箸の有無は選べるようにすると決める。小皿を蓋がわりにした円筒形の器なら茶碗蒸しも作れる、一セットあれば学生でも友だちと二人で簡単な食事ができる、子供に贈る場合のために小ぶりな木製のスプーンとフォークを用意してみてはどうか、包装はどうしようかと、話が止まらない。

予報と違い雪はかなりの降りで開店時間を過ぎても客は来ず、なのに、草は近頃にない晴れやかな気分を味わった。ちょっと驚かせたくて、久実にわからないところで工房とやりとりしてきて、よかったと思った。

綿入りの作務衣の懐で、電話が鳴り始めた。

草は首にかけている紐をたぐり、胸元から携帯電話を取り出した。待っていた人からだった。事前の約束どおり、電話に出ずに切る。

「久実ちゃん、ちょっとご近所まで出かけてくるわ。昼までには戻るから」

「少し積もってきましたけど、足元大丈夫ですか」

「長靴に履き替えていくから。じゃ、よろしくね」

草は長靴に履き替え、大判のショールを羽織り、裏手の自宅玄関から外に出る。降りが激しく、蝙蝠傘を差す間に睫毛に雪がつき、世界が白くぼやけてしまった。道にグレーの背の高い車がエンジンをかけたまま停まっている。草がそちらへ歩いていくと、運転席から体格のいい中年の男が現れた。年齢なりの贅肉をつけたスポーツマンといった感じで、背広のボタンを一つ窮屈そうにかけ、律儀に頭を下げる。

「久実の兄です。お忙しい時間にすみません。どうぞ」

「まあ、お兄さんでしたか。初めまして」

久実の兄が、草の初めましてに対して照れたみたいに微笑んだ。会うのは初めてなのだが、久実から時折話に聞くので、草としても初対面の気がしない。

車は第二駐車場で待っており、そこで話すはずだった。だが、後部座席に草を乗せると、長い橋を渡り、市内で最も古い音楽ホールの駐車場に着いた。

正面がガラス張り、コンクリートの巨大な蛇腹を横たえたような迫力の音楽ホールは一部改装中で、トラックや作業員が出入りしている。

建物の端から端まで広がる開放的な二階ホワイエの片隅へ、草は案内された。三階分ほどあるガラス面を背にして長椅子に座る。久実の兄は運転手に徹すると決めているらしく、母に雪の日の運転はさせられないので会社を抜けてきました、私は車の中でお待ちしています、と言っただけだった。会って話したいと先日の夜に電話をかけてきたのは久実の母親なのだから、当然かもしれない。久実にわからないように連絡してきた彼女の姿を、草は想像した。この雪だからと先延ばしにする気にもなれなかったのだろう。

久実の話によれば、警察に被害届を出したことを兄と母は今も反対しているはずだ。

久実の母親は、草が上がってきた階段をあとからやって来た。

紺色のコートに黒っぽいパンツスタイルという服装で、久実も時々使っている白、茶、黒の大胆な縦縞のトートバッグを提げていた。恐縮した様子で近づいてくる。

「お忙しいのにお呼び立てして、あいにくのお天気ですみません」

としきりに頭を下げ、草は初対面の感じがせず、やはり久実を通じてすでに会っていたような感覚があり、立ってひととおりの挨拶をする間、お兄さんのほうがお母さん似ね、でも朗らかな雰囲気が久実ちゃんとおんなじ、などと思っていた。

ホワイエは屋外のように明るいが、ガラスを冷気が滝のように滑り落ちてくる。外にいるよりはましという冷え具合の中、コートや大判のショールを身につけたまま、長椅子に腰かけた。

二人の間に、久実の母親が白い封筒を置いた。

「ありがとうございました。弁護士さんの費用です。事務所に問い合わせて、これまでの分を持ってきました。今まで甘えてしまいまして。今後は支払いますので」

できるだけのことをしたい、受け取れない、といくら拒んでも無駄だった。草は根負けして封筒を手にとるしかなかった。

すると、久実の母親は静かに深呼吸してから、ホワイエを見渡した。

「ここを活かして、カフェのある素敵な本屋さんをつくるそうですね。ご存じですか」

「ここに？」

草は一部の改装については地元紙を通じて知っていたが、カフェを併設した書店の話までは知らなかった。

「催し物がない日は、こう、がらんとしてますでしょう。それならいっそ、平日の昼間から人が集まるようにと、若い建築家に改装を依頼したらしいです」

正面に広がる幾何学模様の壁画の下に、扉が幾つも並んでいる。コンサートのリハーサルでもあれば、ここでも聞こえる。

「オーケストラの練習が漏れ聞こえたり、気軽にトークショーを開いたり」

「そうかもしれませんね。とにかく広くて重労働です。久実をフロアチーフとしてほしいと言ってもらったのも、それでだと思います」

「久実ちゃんを……いえ、久実さんをフロアチーフに」

久実に新しい仕事の誘いがあると、草は初めて聞いた。

ここまで連れてこられた理由がわかり、なるほどと思う。

「副店長の役目を兼ねるみたいです。スキーの関係から紹介がありまして、家族としてはいいお話だと。久実に転職する気はないようですが、もしかしたら久実がこうしてお世話になっていることが、杉浦さんのご負担になっているかもしれない、久実がいなければとっくに悠々自適でいらっしゃるのに、それがあの子には、私がいなくちゃ、としか考えられないのかもと、あの子のいないところで話しましてね。それで、いっそのことお目にかかって伺ってみようと」

草は返事に詰まった。

久実を必要としている、小蔵屋は可能な限り続ける、店をたたむ時には相応のことをしたいと考えて準備してあると答えるのは簡単だ。だが、それが久実にとって本当によいことなのかどうか、わからなくなった。

久実の母親は、笑ってうつむいた。

「親なんて馬鹿ですね。久実のように一時スポーツに打ち込んだ独身の人たちが多い職場になると聞けば、縁遠いあの子にも出会いがあるのかなと期待しますし、未遂じゃないなんて嫌な噂を明るく打ち消して回ってくれるお友だちがたくさんいましてね、そのうちの二人が入ると聞けば、一緒なら心強いと思いますし。親がしゃしゃり出て、お恥ずかしい限りです。こうしていても、久実に叱られているような気がします。私をいくつだと思ってるの、いいかげんにして、って」

一ノ瀬のことを、家族は知らされていないらしい。

あの事件がなければ、久実の母や兄がこうして会いに来ることもなかっただろう。そう思うと草は、なるだけ久実に自由でいてほしかった。

「小蔵屋は、小蔵屋です。久実さんがいるからどうの、辞めるからどうのということはありません。お互い縛られずに、今後を決めませんとね」

久実ちゃんの代わりはいないだろうな、と思いつつ、しかし、きっぱりと草は答えた。

ここへ来れば会えますし、と付け加える。久実の母親が草の目を見て、安心したように微笑んだ。

「折りを見て、今のお話を久実に聞かせてかまいませんか」

「はい。もちろん」

草は用があるからと、市役所の前まで車に乗せてもらい、二人と別れた。本当は用などありはしない。ただ、しばらく一人になりたかった。

市庁舎の展望フロアまでエレベーターで上がり、雪の街を見下ろす。

ここまで来れば、およそ遮るものはない。

北から西にかけて山はあるが、あとはどこまでも平らだ。

雪片はいつの間にか、ちぎった薄紙のように大きくなり、ふわふわとたよりなく舞っていた。白い景色を、蟻のような傘や車が行き交う。どの方角を眺めても、数多くの道があった。碁盤の目の道、立体的に交差する道、大きく曲がって遠くへと続く道。川を渡る道もある。こちら岸から向こう岸へゆく道も一つではなかった。別に道がなくたって、草むらをかきわけて、水に足を浸して、進もうと思えば進める。

「面白いじゃないの」

川の向こうにある丘陵は、全体に白くぼやけていた。

観音像が見えるはずの場所に立ち、草は心の中で手を合わせる。

誰もいないし、何の音もしない。耳をすませば、雪のひとひらがガラスを滑って消えてゆく音が聞こえてきそうだった。

　昼を少し過ぎて、草はバスで帰り着いた。

　すると、普段着の寺田がカウンター席でコーヒーを飲み、店番をしていた。客が来たら、久実の携帯電話を鳴らすことになっていたという。やだ、ごめんなさいね、と草はカウンターに入り、若草色の割烹着を身につけた。

「で、久実ちゃんはどこに」

「事務所で昼休み。お客さんですよ。一ノ瀬家の次男」

「ここへ？　一体、何かしら」

「聞こえたところじゃ、公介と結婚するなら、夫婦で梅の一富で働くのが条件だって」

　何か起きる時はいろいろと重なるわね、と草は思い、天井を仰ぎ見た。これで久実の転職先は二つ。いずれにしろ、どちらか選ぶことになるだろう。そこまで考えて、迂闊だったと気づいた。

「ちょっと、待って。久実ちゃん、一ノ瀬さんと結婚するの？」

「なあんだ。おれも、それをお草さんにきこうと思ってたのに」

　草履に履きかえるために自宅まで三和土の通路を往復したが、事務所から声がするだけで、具体的な話は聞こえない。何やら期待して待っていた様子の寺田へ、首を横に振った。

「下のお兄さんていうその人に、警察署で会ってると思うのよ」

——またやっかいな女を。

先方にすれば、あの時点より、久実はさらにやっかいな女になったのだ。警察に被害届を出したのだから。

「さっき見たところだと、歓迎されてる雰囲気じゃなかったな」

「まあね。家業に入る気のない一ノ瀬さんを説得できたら、結婚を許すってとこだわね」

「乗り込んでやればいいのに。営業中にうちの従業員つかまえて何やってるって」

そんなことはしないとわかっているくせに寺田がけしかけるので、草は笑ってしまった。

「大丈夫かしら、久実ちゃん」

「それより、正社員募集の準備ですよ、小蔵屋は」

現実的な寺田に、草はうなずく。

寺田は帰り、一ノ瀬の次兄を見送った久実は草に向かって微笑んだきり、何も語らなかった。

その晩、草は炬燵の上に、紙幣の入った袋を三つ並べた。

右から、金の水引を小さくあしらった柿渋色のぽち袋、温泉宿の名入り封筒、あとは白い封筒。順に、一ノ瀬が受け取らなかった心づけ、久実と平緒里江の二人が律儀に置いていった宿代、久実の母親から返された弁護士費用だ。

こうしてみると、なんだか可笑しかった。

「いいわねえ、年をとるって。忘れていても、みんなが教えてくれる」

いつだったか、常連が言っていた口調をまねてみる。

翌朝、由紀乃に電話でその話をすると、やはりくすくすと笑った。

「で、そのお金どうするの」

「どうすると思う?」

「草ちゃんのことだから、ないものと思って遣う」

「さすが、お見通し」

久実の転職先が二つ用意されたこと、一つは結婚の条件であることを聞いたあとでも、由紀乃が電話の向こうで笑っている。

裏庭の雪や青空へ目を転じると、まぶしさが増したようだった。

雪が粗方とけた午後、草はデザイン事務所へ出向き、新商品の船出をどのように売りたいか伝え、商品説明書や化粧箱などのデザインを頼んだ。予算はあまりかけられないがいいものを作りたいという、いつものわがままを言いつつも、懐には多少の余裕がある。

詩のような商品説明と、版画のドライポイントふうに滲みのあるやわらかな線の船をシンプルなカードに仕立て、大海原をイメージした明るい青の化粧箱を用意すると決める。

それとなく音楽ホールのカフェ兼書店についてたずねてみると、もうご存じですか、とデザイナーが目をみはった。その計画は「C&Bプロジェクト」通称CBと呼ばれ、評判がよかった。地元企業三社が中心になり、既存の財産を最大限活かす街づくりの第一歩として進めているという。

「少ない初期投資で、いかに魅力的に、どれだけ長期にわたって利益を生んでいくか。ちゃちじゃ話にならないから、計算とセンスの勝負なんです。四十代の社長の集まりなのに、なんでしょうね、あれ。稼いで、有形無形の財産を残すつもりなんだから、自信家というのか、気が長いというのか。いやあ、正直、誘われたい」

数日のうちにめぐりめぐって、今度は糸屋と佐野元がらみの例の常連から、CBの話題が出た。

人の話から学べる場にもしたい、芸術家・著名人はもちろん地元ゆかりの普通の人々を話し手として招きたい、ついては引退する年齢で商売替えをして成功した草にも協力してほしい、と伝言を頼まれたというのだった。

草は頭を下げた。人前で話すのは苦手だからと、その場で断る。

「いいんだよ。そう言うと思った」

「すみません」

「だけど、気軽なトークショーのアイディアは、お草さんだっていうじゃない。それなのに断るとなると、ＣＢの彼らはがっかりだろうなあ」

　草は水の滴る器を手に、動けなくなった。

　レジを締めている久実と目があった。ＣＢの話が出た時から、久実が様子をうかがっていたのだった。壁際のカウンター席で久実を待っていた一ノ瀬が、気まずそうな咳払いをする。草は曖昧に微笑み、器を拭く。気軽なトークショーもよさそうだとかなんとか、久実の母親に、あるいはデザイナーに言ったかもしれないが、よく思い出せなかった。

　閉店後の店に、長い沈黙が降りた。

　自分が切り出さないわけにもいかないと思い、草は口を開いた。

「母がすみませんでした」

「遠慮しないで――」

　言葉が重なり、また気まずくなる。草はどんなことでも受け入れるつもりで、久実に先に話すよう促し、最後の器を棚に戻してから、カウンター内にある木製の椅子に腰かけた。会計カウンターにいる久実は、ファスナーを閉めた現金バッグを縦にしたり横にしたりしている。ザッ、ザザザッ、と小銭が波のような音を立てる。一ノ瀬が、また咳払いする。

　現金バッグを動かす久実の手が止まった。

「私、どこへも行きません」

一ノ瀬がさっと振り向き、肩ごしに久実を見た。

一方、草は身体の力が抜け、息をついた。誰にも聞こえないよう、小さく。それから、大きく息を吸った。

「義理で可能性を捨てちゃだめ。どっちからも求められているんだもの」

久実は、一ノ瀬を、それから草を見た。

「そんなに、お人好しじゃありません。CBは小蔵屋よりお給料が安いんです」

「嘘でしょう」

本当です、と言った久実はつかつかと歩いてきて、草に現金バッグを押しつけると、奥から自分の荷物を抱えて戻り、縞柄のトートバッグの中から数枚の書類を取り出して、ここを見ろとばかりに指差す。草は身体を引き、書類を押し戻した。文字は小さかったが、老眼鏡なしでなんとか読めた。確かに、小蔵屋より給与が万単位で安い。

「でも、他に役職手当とかがあるんじゃ……」

「ありません。それに勤務が二交替制で、夜が遅いんです。それから小蔵屋はおいしいものがたくさん食べられるし、浴衣とか大入り袋とか突然いただけるし、温泉へ押しかけても歓迎してもらえるし、長いお休みは相談して決められるし」

まくし立てる久実の目が潤み、声が震えてくる。

「ぴしっとしていて、でも自由で融通が利いて気分いいし、由紀乃さんや寺田さんも親戚以上だし――」

もういいわ、と草は話を遮った。そうしないと、こみ上げてくる感情に負けそうだった。久実はコートやトートバッグや書類をぐしゃぐしゃに抱え、ずずっと鼻水を啜った。

「必要ですよね、私」

真正面からの問いかけに、草は嘘がつけなかった。皺だらけの顔にうっかり涙や鼻水が流れ落ちないよう、控えめにうなずく。

はーっ、と息を吐いた久実は、カウンターの向こうの一ノ瀬に向き直った。

「あと、梅の一富には無理。私は、公介の説得係や付属品じゃない」

一ノ瀬は口を半開きにして、動かなくなった。あまりにきっぱりした口調に、草も何も言えない。久実は一ノ瀬を残し、帰ってしまった。一度も振り返らなかったし、エンジンを唸らせて車を出すのも早かった。

出かける予定はいいのかと草がたずねると、一ノ瀬はうなずき、壁に背中からもたれかかった。

「二人の間で、結婚を決めてたの？」

いえ、そんな話は一言も、と宙を見上げる横顔が答える。

「お兄さんの勇み足だったわけね」

「兄の勇み足というか、利用できるものは何でも利用しなきゃならない状況なんです。一ノ瀬食品工業は、ああ見えて楽じゃありません。手を広げすぎた」

久実への話は、犠牲を払ってでも働く身内を増やす策だったようだ。

夕食をどうかと草は誘ったが、一ノ瀬は帰ると言って席を立った。

「もし経営が好転しなければ手を貸さないわけにはいきません。その上、弟が残していった彼女や娘は、おれにとって別れた妻子も同然。どうですか。結婚したくも、嫁がせたくもないでしょう」

草も腰を上げることにする。これからも久実がいてくれるのだと思うと、なんだか安心して力が抜けてしまった。

「結婚云々の前に」

棚や自分の膝に手をついて、ようよう立ち上がる。

「久実ちゃんのことを好きで必要なら、そう言ってみたら？」

一ノ瀬は微笑んだきり、返事をしなかった。


暦は三月に入っていたが、今年の春はまだ遠く、今朝も霜が降りた。

それでも、店内には買い求めた早咲きの桜を飾り、新商品の船出を展示した。「数量限定」「ご予約のみ」としたが、幸先よく続々注文が入る。閉店間際に、長崎の工房からの電話を受けた久実が、初回の商品発送を知らせてきたと報告する。

「あれだけ動かなかった商品なのにありがとうございます、だそうです。そうなんですか」

「受注ミスで、だぶついてたみたい。おかげで、だいぶ勉強してもらえたから、小蔵屋としてもありがたいの。いいものだもの。売り方次第なのよ」

「売り方次第、か」

その後一ノ瀬さんとはどうなの、と草はたずねたが、久実は肩をすくめた。

「足したり、引いたり、点数つけてたら疲れちゃいました」

何それ、と草はわざと軽い調子で言ってみる。

「公介は、第一印象がマイナス十点、糸屋の様子でプラマイゼロ、梅の一富と聞いてプラス三十点とか」

「成績表」

「ですね。私のほうは、あの事件でマイナス五十点」

そんな、と草が顔をしかめると、久実が肩の辺りで手をひらひらさせて明るく笑う。

「とにかく、あの時点では、とても釣りあう点数じゃありませんでした。弟の彼女と付き合ってたと聞いて、ほっとしたくらいです」

「点つけなんて無駄よ。久実ちゃんがマイナス五十点つけた項目に、私や緒里江さんはプラスの点をつけるもの。あっ、そうそう、この手紙」

草は、東京の平緒里江から草宛に届いた手紙を、縞の紬の懐から出して見せた。

久実さんの優しさと勇気に感謝します、裁判に出ますからその時はお店へ伺いますね、と結ばれている。久実の届け出が遅れたがために自分が被害に遭ったことについて、一切言及はなかった。明日からタイへ雑貨の買いつけの旅に出るとあるから、今頃はバンコク辺りの雑踏を歩いているのだろうか。

手紙を読み終えた久実は、やっぱり強い人ですね、と言った。

「世間て、自分の中にあって、自分を苦しめるのかも」

「そうかもしれない。人の気に入るようには生きられないのにね」

船出の販売数は順調に伸び、草は翌週の定休日明けに、追加発注分を受け取った。

トラックのドアを開けた寺田が、振り返る。

「佐野さんのお宅に、引っ越し屋が来てましたよ。二トン車、二台」

「家を売りに出す噂は、本当なのかしらね」

「車の行き先は別々。市内と埼玉。段ボール箱それぞれに、でかく書いてありました」

寺田のトラックを見送っているところに、黒っぽいセダンが入ってきた。運転席から顔を覗かせて挨拶したのは、糸屋と佐野元がらみの例の常連だった。

「開店前から忙しいね。日曜の町内会は、大荒れだったそうじゃないか。小蔵屋の気が知れないと、カンカンの人に話を聞いてきたところだよ」

「それでも、『ついでパトロール』のほうは全員の賛成で決まりましたから」

「人気(ひとけ)の少ない場所を普段から意識して、散歩や用事のついでに通るってあれね。いいよ。紅雲町に住んじゃいないけど、第二駐車場の前を通ってお手伝いしてきたところさ。この、人目がほしいエリアというのも、わかりやすい」

誰からもらったのか、紅雲町内に配布された地図を常連が見せる。

「地図は、新しい町会長さんが作ってくれて」

なるほど、と言った常連の視線の先に、杖をついた年寄りが歩いていた。第二駐車場の隣の住人だ。どこからの帰りか、葉物野菜が覗くリュックを背負っている。

草が事前に町会長へ打診した二つの提案のうち、一つは町内会の総会で通らず、出席した住民の大半の反感を買った。総会終了後、私の力不足で、と町会長は肩を落とし、ご無理をお願いしました、と草は頭を下げたのだった。

草は常連に待っていてほしいと頼み、その時の資料を持ってきて手渡した。『佐野教授の話を聴く』の企画書と、先日佐野教授からもらった講演資料のコピーだ。

「CBのトークショーに、どうでしょう」

おいおい、と常連が顔を曇らせたが、草はやんわりもう一押しする。

「苦い話からしか得られないこともあるはずです」

断られることなど百も承知だった。だが、無駄になる気がしない。

かつて、戦争に反対する者は非国民と罵倒され、なぜ男より給料が安いのかなどと言う女は白眼視された。六十五歳で商売替えをした折でさえ、小蔵屋のお草はあの年で何をするつもりなんだと陰口をきかれたものだ。

「佐野先生は話す気があるのかい」

「どうでしょう。でも、こちらから歩みよれば、成立すると思います」

「そうか……まずは、こちらから、か」

やあだ、とふいに大きな声が聞こえ、草は常連と顔を見合わせた。そっちのほうは未遂なんですよ、みーすーいー、と大声が続く。

声の主は、幸子だ。左の板塀で見えないが、前の道にいるのだろう。さっき歩いていった杖の老人を相手に話しているらしい。老人は耳が遠かった。久実の事件は未遂だと幸子が吹聴しているのは人の話に聞いていたが、草が実際に耳にしたのは初めてだった。

「何が功を奏すか、わからないね」

「まったく」

常連の車は去り、草は店内に入って掃除を始める。

――あんごうすいはんしませんか。

昨日の、一ノ瀬の電話が思い出された。穏やかで、どこか照れくさそうで、今思い出しても、とても断れる雰囲気ではなかった。

糸屋では、久実があんごうすいはんの子供たちと遊んでいた。ビニール紐の腰蓑をつけた男の子を追い回す久実の首からたれた銀色のネックレス――二つの輪を組ませた黄色い飾りの――は、一ノ瀬のセーターのへちま襟からも覗いていた。草は透明がかった黄色い小さな実を庭で拾い、子供たちはその黄色い実の果肉がべたべたするのを面白がり、やがて得意そうに口々に言った。やおりぎのみー。ばーか、宿り木の実だろ、チューボール。ノー、キッシングボール（腰蓑をつけた男の子は、人差し指を立てて振り、欧米人並みの発音で訂正した）、宿り木は球にしてクリスマスにリボンつけて飾って、その下でキスすると幸せになるんだよ。久実と一ノ瀬は背を向けて火をおこしており、あんなこと教えるから、なんだよ、とお互いを肘で突つきあっていた。

特段、今後についての宣言はなかったけれど、それが二人の歩み方なのだろう。

地元のＦＭ局が、夜にはまた雪がちらつくと伝えている。水も切れるように冷たいが、紅雲町に春が来ない年はない。必ず雪はとけ、水はぬるむ。固かった蕾はふくらみ、枝は花色をほのかに匂わせ、青い芽は冬枯れの景色を割って吹きだす。

草は薄く開けた小窓から、丘陵の観音を見上げた。

ヒョーッケッヒョ、ケヒョ。どこかから、まだ下手な鶯の声がする。

付記

ご存じのとおり、二〇一七年の法改正により、強制性交等罪（強姦罪）は非親告罪（被害者の告訴なしでも起訴可能）となるなど大幅に変わりました。

現在、性犯罪・性暴力被害者のためのワンストップ支援センターも全国に設置されています。

その一方で近年、日本における #MeToo 運動のきっかけともいえるジャーナリスト伊藤詩織さん準強姦事件の逮捕状執行停止（参考／伊藤詩織著『Black Box』文藝春秋）、さらに慶大生ら、また元大阪府警警察官らによる集団強姦事件の不起訴処分などが相次いでいるのも実情です。

そんな時代の中で、少し前の設定となっているこの物語を執筆しましたこと、付記いたします。

二〇一九年春　吉永南央

単行本　二〇一九年六月　文藝春秋刊

文春文庫

黄色い実（きいろいみ）
紅雲町珈琲屋こよみ（こううんちょうコーヒーや）

定価はカバーに表示してあります

2020年9月10日　第1刷

著　者　吉永南央（よしながなお）
発行者　花田朋子
発行所　株式会社　文藝春秋

東京都千代田区紀尾井町 3-23　〒 102-8008
ＴＥＬ　03・3265・1211㈹
文藝春秋ホームページ　http://www.bunshun.co.jp

落丁、乱丁本は、お手数ですが小社製作部宛お送り下さい。送料小社負担でお取替致します。

印刷・萩原印刷　製本・加藤製本
Printed in Japan
ISBN978-4-16-791557-5